「フィン、リヴェリア、ガレス！
Lv.7到達おめや〜〜〜ス!!」
JN131668
「うおおおおおおおおおおおおおおおおおおおおおおおおおお!!」
ダンジョンに出会いを求めるのは間違っているだろうか外伝
ソード・オラトリア14
Sword Oratoria
Fujino Omori
大森藤ノ
Illustration
はいむらきよたか
キャラクター原案
ヤスダスズヒト

CONTENTS

「僕は、貴方の【ファミリア】に入りたい」
フィン
今はまだ十四歳の少年。
誓いと野望を秘める小人族(パルゥム)。
ロキ
下界に刺激を求めた新参者。

「いけ好かないエルフと
生意気な小僧に
負けていられるかァ!!」

「私は里を出るぞ、アイナ！」
ぞ、ぞえええぇ〜〜〜〜〜〜!?
リヴェリア
今はまだ世間知らずの王女。
外の世界に焦がれる妖精王族（ハイエルフ）。
アイナ
リヴェリアの従者であり大切な幼馴染。

「いいだろう、戦おう！
この三人で！」

「勘違い、するなよっ？
お前を助けたわけでは、
ないからなっ……！」

「いけ好かないエルフが」
ガレス
今はまだ餓える心を殺す鉱夫。
恩恵を持たずして怪力を誇る土の民。

Fujino Omori
大森藤ノ

Illustration
はいむらきよたか

キャラクター原案
ヤスダスズヒト

カバー・口絵　本文イラスト
はいむらきよたか

プロローグ

偉業と追憶

冬が訪れ、より冷え込むようになった夜。

道行く者の装いは厚着へと切り替わっていた。踊り子もかくやといったアマゾネス達の衣装も心なし露出が減り、冒険者が酒場で頼む品は温葡萄酒が増えた。甘党のドワーフが美味しそうに啜るのは、ミルクと砂糖を混ぜたホット・チョコレートだ。

雪はまだ遠い夜空の下、街角の光景にも変化があった。

雑踏の中にちらほらと見かける『学生』の存在である。

三年振りに港街に帰港した『学区』から、外出許可をもらった生徒達は連日、オラリオに足を運んでいる。

『世界の中心』と名高い迷宮都市は、下界中を見て回った『学区』の生徒達をして興奮の対象であり、他国・他都市にはない景観と経験をもたらす。したたかな学園生活を通じて『痛い目に遭うのも教訓である』と理解しつつある学生達は、火傷で済む範囲で知的好奇心を満たそうとすることが多い。白の制服に身を包む彼等彼女等が落とす金は『学区特需』などと言われ、商業系【ファミリア】や商人達に歓迎されているほどだ。去年と同じ時期と比べて、オラリオの賑わいは確実に増していた。

学生達の多くは都市南の繁華街へと赴き、迷宮都市の夜を楽しんでいる。

「ルーク？　ぼうっと立って、どうしたの？　何か見てるの？」

「……ああ」

そんな中で。

中央広場から、北の方角を眺める学生達がいた。

『学区』における精鋭部隊、【バルドル・クラス】の第七小隊だ。

鮮やかな赤金色の髪を揺らす魔導師ナノの問いかけに、隊長の少年ルークが答える。

「【ロキ・ファミリア】の本拠が、ここから見えると思って」

今も灯りを纏い、闇夜にあって城のようにそびえる尖塔の集合体。

豪邸ならぬ長邸と呼ばれる『黄昏の館』だ。

「レフィーヤ先輩より強い冒険者が、あそこには沢山いるんだよね……」

「教導を受けた身からすれば、本当に信じられない思いですわ。……まぁ、レオン先生達が在籍する『学区』が言えたことではないかもしれませんが」

ルークの眼差しを追いかけて、狼人のコール、エルフのミリーリアが呟く。

そこには慄然たる感情も含まれていた。

今やルーク達の中で一種の指標となりつつあるレフィーヤを上回る冒険者——ひいては第一級冒険者は、『第七小隊』にとってまさに未知たる存在である。

「【ロキ・ファミリア】っていえば……みんな、聞いた？　『あの噂』……」

「聞いたよ。聞いて、腰を抜かしそうになった」

「オラリオも今、その話題で持ちきりですもの。まさか、三人揃って【ランクアップ】なんて……」

ナノの問いかけに、もう笑うしかないというようにコールは苦笑し、ミリーリアは溜息も品切れだと言わんばかりの顔をする。

それは先日からオラリオを駆け巡る、一つの『偉烈』であった。

「冒険者って、ほんとうに、ほんとぉ～～に、すごいんだねぇ……。なんだか、目指しているものが遠ざかったような気がしちゃう……」

遠い目をするナノが思わずそんなことを呟く。

だが小隊の中でルークだけは、表情を変えず、言い返した。

「それでも、目指さない理由にはならない」

新たにするのは、ずっと秘めていた思いだ。

他者のための英雄願望を抱く少年の横顔に、ナノ達は目を見張り、次には破顔して頷いた。

四人揃って見つめる。

自分達の目標を。

今も光り輝く、『次代の英雄達』の居城を。

「フィン、リヴェリア、ガレス！　Ｌｖ．７到達おめや～～～～～～～～～～～～～～!!」

何度目とも知れない神の熱讃（ねっさん）が轟（とどろ）く。

華々しく飾られた本拠（ホーム）の大食堂にて、行儀悪く机に片足を乗せるロキの杯（さかずき）が、頭上に高々と掲げられた。

『うおおおおおおおおおおおおおおおおおおおおおおおおおおおお!!』

全身で喜びを表す主神の姿に、眷族（けんぞく）達も倣（なら）う。

男性団員も、女性団員も関係ない。

酒で顔をすっかり赤らめながら祝賀の雄叫（おたけ）びを連ねては重ねていく。

すぐ後に続くのは、『おめでとうございます！』という唱和の声だ。

「ありがとう、みんな。祝ってもらえて光栄だ。……少し度が過ぎている気もするけどね」

「あまりはしゃぐなとロキには言い含めていたが、やはり無駄だったな」

「もう何度祝いの言葉を聞いているか、わからんわい。よくも飽きんもんじゃ」

大食堂の上座で腰掛けるフィンが苦笑で応えれば、瞑目（めいもく）するリヴェリアが嘆息し、最後にガレスが髭（ひげ）をさすりながらぼやく。

今、開かれている宴の主役はフィン、リヴェリア、ガレス。

ロキの言葉通り、『Ｌｖ．７』に昇格（ランクアップ）した派閥首脳陣の祝賀会である。

「団長達がとうとうＬｖ．７に……！　感激っす、感無量っす～～!!」

「なんかその言い方、ラウルさんが団長達を育てたみたいな感じになってませんか〜?」

「からかわないであげて、エルフィ。ラウルは筋金入りの団長信奉者だから」

「しかし団長だけじゃなく、リヴェリアさんやガレスさんも昇格(ランクアップ)するなんて……」

「ええ。現在の世界最高位の【ステイタス】はLv.7。それが三名も所属する組織は、我々【ロキ・ファミリア】をおいて他にありません」

もう何杯も飲んだのか男泣きを披露(ひろう)するラウルに、これまたほんのり酔っているエルフィがけらけら笑い、アナキティが果実酒のグラスに口付けて微笑(ほほえ)みを滲(にじ)ませる。クルスとアリシアが興奮した口調で——特にアリシアは王族(ハイエルフ)であるリヴェリアの壮挙(そうきょ)とあって殊更(ことさら)誇らしそうな様子で——言えば、さらに高揚(こうよう)した声でナルヴィが叫んだ。

「これはいよいよ【フレイヤ・ファミリア】を追い越して、私達【ロキ・ファミリア】が一番になったんじゃないですかー!」

その言葉が【ファミリア】全体を浮かれさせている一因でもある。

公式的には既(すで)に、【フレイヤ・ファミリア】は解体扱いとなっているとはいえ、これまで何かと『都市の双頭』と比喩されては対抗意識をあおられていたのは事実だ。

『個々の力では【フレイヤ・ファミリア】の方が上』

『【猛者(おうじゃ)】率いる強靭な勇士(エインヘリヤル)は誰も倒せない』

などなど陰(かげ)で言われ続けてきた【ロキ・ファミリア】からすれば、今回の力関係(パワーバランス)の変化は、それこそ握り拳を作って盛り上がるというものだ。それに、あの強靭な勇士達（エインヘリャル）は依然としてオラリオに身を置いているのだから、変わらず意識もするし勝ち誇りたくもなる。

ましてや、尊敬してやまないフィン達が成し遂げた偉業だ。

実力だけでなく優れた人格も示し、自分達を導いてくれる偉大な首脳陣の偉業を喜ばない団員は——一人の狼人（ウェアウルフ）を除いて——この場にはいない。

「団長～!!　【ランクアップ】おめでとうございますぅ！　さすが私が見込んだ雄（おす）、私をブチのめした男（ひと）!!　素敵ですぅ！」

中でも最もはしゃいでいるのは、間違いなくティオネだった。

宴（うたげ）が始まってからというものフィンの側に陣取る彼女の瞳（ひとみ）は濡（ぬ）れ、熱の詰まった息をつき、その頬（ほお）を炉（ろ）のように火照（ほて）らせていた。というか目の中身が見事に発情型（ハート）となっていた。

惚（ほ）れ直（なお）した女の顔、もとい強くなった雄に歓喜する女戦士（アマゾネス）の顔だ。

「ささ、つぎます、団長！」

「ありがとう、ティオネ。だけどさっきから、僕は尋常（じんじょう）じゃないペースでお酒も料理も勧（すす）められているんだけどね。あと、さっきからやけに体が火照っているんだけど……何が入っているのかな？」

「うふふっ、なに言ってるんですか、団長？」

「何か既視感（きしかん）があるのぅ、このやり取り」

「就寝の際は気を付けろ、フィン。部屋に鍵をかけたくらいでは女戦士の侵入は止められん」

ティオネにぐいぐいと押されるフィンに、ガレスとリヴェリアはほぼ我関さずであった。

ちなみにフィンの前に並んでいる料理と酒のみ、ティオネが用意したものだと彼等は知っている。何が入っているかは知らない。

「ティオネ……今日は、いつもより、ずっとすごいね……」

「ティオネだし、しょうがないよ～。別の女戦士とかも港街の方で騒いでるんじゃないかな～。あ、アイズ、そっちのお肉食べていい？　コレ、すっごく美味しい！」

「興奮してるんじゃねぇ、雑魚どもが……。自分のことでもねえのに浮かれやがって」

熱狂する団員達からは一歩離れた席で固まるのは、他の第一級冒険者達。

アイズがティオネの方をぼんやり眺め、ティオナはバクバクとご馳走を頬張っていく。

とはいえ、アイズもティオナもその顔から笑みを絶やさない。

ベートだけは不機嫌そうに酒を口にし、周囲のドンチャン騒ぎに苛ついていたが。

「ほんとは人造迷宮の戦いが終わった後、すぐに祝ってやりたかったんや～！　場所もミア母ちゃんの店を貸し切りにしてパ～ッといきたかったんやけど……金がなぁ～」

ロキの言葉通り、今夜は珍しく、酒場ではなく本拠内での打ち上げだった。

大赤字を喫した前回の『遠征』——未開拓領域への挑戦はもとより、闇派閥残党との戦い、何より人造迷宮攻略戦。

ギルドが負担した部分もあるとはいえ、装備や道具（アイテム）の準備に支出を強いられた【ロキ・ファミリア】の帳簿は、フィンやリヴェリアが目を背けたくなるほどの惨状だった。

破壊者（エニュオ）の争乱――『狂乱の戦譚（オルギアス・サガ）』が収束した後、第一級冒険者（アイズたち）を含めた団員がせっせとダンジョンの稼（かせ）ぎを派閥へ収め続けたことでようやく火の車状態を脱しつつあるが、余計な出費を控（ひか）えるのは当然のことで、酒場での宴会など言語道断であった。

あとは、純粋にロキが身内のみでフィン達の偉業を祝ってやりたかったため、というのもある。特別扱いするわけではないが、【ファミリア】の最古参メンバーの成し遂げた偉業というのは、主神（ロキ）をして感慨深（かんがいぶか）いものがあった。

絶えず浮かんでいるその笑みは、我が子の成長を喜ぶ親の顔に違いない。

「あとは、そうやなぁ、レフィーヤが闇堕（やみお）ちしておったから、みんなに伝える空気じゃなかったし～」

「や、闇堕ちなんかしてません!!」

一方で、人造迷宮（クノッソス）攻略戦の後、髪を切って心身ともに誰よりも変わったエルフの少女をしっかり弄（いじ）っておく。

ニヤニヤと笑うロキに、レフィーヤは勢いよく立ち上がり、赤い顔で抗議の声を上げたが、

「いいや、してたね。すっごい闇属性になってた。私ずっと心配してたもん」

「そうですね。エルフィに泣きながら相談された時は、私もどうしたものかと……」

「エ、エルフィ！　アリシアさんまで……！」

とろんとした酔った目で睨んでくる同室者（ルームメイト）のエルフィに、片手に頬を当ててわざとらしく嘆（なげ）くアリシア。

彼女達の賛同の声に、レフィーヤはすっかり弱りきってしまう。

認めたくはないが心配をかけていた自覚はしっかりあり、そんな彼女のあたふたした姿が、団員達の笑みを誘った。

「でもでも、いきなり発表されて、本当に驚（おどろ）いたよね～！」

「うん……フィン達が【ランクアップ】したこと、全然知らなかった……」

「あの主神（おんな）の意地が悪（わり）ぃだけだろ」

ティオナが言い、アイズが頷き、ベートが吐き捨てる。

ロキはずっと見計らっていたのだ。

フィン達の【ランクアップ】を伝える時機（タイミング）を。

オラリオはオラリオで『二大祭』とそれにまつわる騒動でバタバタしていたし、人造迷宮（クノッソス）攻略戦の後始末や影響も存外に長く尾を引いていた。『学区帰港』という都市にとっての一大行事（イベント）も重なり、我が子を称える声が霞んでしまうことを嫌がったということもある。

そうして、レフィーヤへの危惧が取り払われた今こそが潮時だと、そう判断したのだ。

ただ『不意打ち（サプライズ）』のためだけに、昇格（ランクアップ）した当事者（フィンたち）以外にＬｖ．７の情報を隠していたのは、ベートの言う通りやり過ぎだったが。

「でも……みんな、元気になったと思う」

微笑とともに口にしたアイズの言葉に、ティオナは笑い返し、ベートも否定せず、黙って酒をあおった。

人造迷宮（クノッソス）攻略の後、仲間の死に対する悲しみは少なからず残っていた。

そんな【ロキ・ファミリア】を沸（わ）かした最大の一報（ニュース）は、団員達から完全に悲愴（ひそう）の影を取り払ったと言っていい。

今もラウル達や、他の団員達が口々に偉業を称え、笑みを交わし合う。

ロキの計らいにより、【ファミリア】は今度こそ全員が顔を上げた。

これからもフィン達の後に続いて、派閥一丸となって邁進（まいしん）することができる。

視界に広がる光景を眺（なが）めながら、アイズはそんなことを思うのだった。

宴会は夜遅くまで続いた。

団員達はとにかく騒ぎ、とにかく笑った。

このままでは徹夜(オール)と洒落込(しゃれこ)むのでは——そう思われた祝賀会は、しかし意外にもあっさりと終わりが訪(おとず)れた。喜びのあまり超高速(ハイペース)で飲み続けたが故(ゆえ)に、男性団員も女性団員も、次々と潰(つぶ)れていったのである。

後始末の貧乏くじは、多くが酒を嗜(たしな)まないエルフの団員達で、彼女達は溜息をつき、けれど笑みを浮かべながら、アリシアを中心に片付けを始めた。

レフィーヤも眠りにつくナルヴィ達を率先(そっせん)して抱(かか)えて、部屋へと運んだ。

「最後までよく働くわね、レフィーヤ」

「……自分のこと以外、目を向ける余裕がなかった自覚は、ありますから。エルフィ達への罪滅ぼしとか、そういうわけじゃないですけど……」

そんな会話をしたのはアナキティとレフィーヤ。

酔い潰れたラウルに肩を貸す猫人(キャットピープル)と、眠りこけるエルフィを背負うエルフの少女は微笑を交わし、廊下(ろうか)で別れるのだった。

大食堂から灯りが消える。

団員達の部屋も次々と暗くなる。

『黄昏の館』が静まり返り、眠りこけようとする中——一箇所だけ、魔石灯の光が灯(とも)った。

それは執務室のテラスだった。

「じゃあ、あらためて……今日までの僕等の日々に」

「「乾杯」」

カチン、とグラスが鳴る。

テラスに用意されたのは小さな円卓。

フィン、そしてリヴェリアとガレスは三人で——いや『三人と一柱（ひとはしら）』で二次会を始めた。

「いやー、みんなでどんちゃん騒ぎもええけど、こうして四人だけで飲むのもオツやなぁ！　ダンディでムーディな大人の時間！」

「ロキ、声を落とせ。他の団員達はもう寝ている。それと私達にも意味のわかる言葉を使え」

「フィン、ティオネはどうしたんじゃ？」

「気を利かせてくれたアイズ達が、部屋に連れて行ってくれたよ」

変わらない気分（テンション）で酒をあおるロキをリヴェリアが窘（たしな）め、ガレスがよく二次会を開けたものだと素朴な疑問を口にする。

フィンは、アイズ、ティオナ、ベートの三人がかりでティオネの意識を刈り取り、ずるずると引きずっていった、と肩をすくめて説明した。

「しっかし、本当に何度目や？　仲良く三人【ランクアップ】は」

「今の我々が『冒険』する時は、必然的に三人の力をかけ合わせなければくぐり抜けられない死地だ。時期が重なるのも道理だろう」

「儂（わし）は出し抜いてやりたかったがのぅ」

「ふふっ、僕も今度ばかりはガレスに抜け駆けされるって、内心焦っていたよ。『遠征』はもとより、人造迷宮でも随分と守られてしまったし」

「でもこれで、旧【フレイヤ・ファミリア】(笑)は完璧に追い抜かしてやったやろう！ Lv.7が三人やで、三人！ オッタル一人がなんやー！ グフフ!!」

「オッタルもすぐに【ランクアップ】するような気がするけどね……」

「ああ、追いついたと思った瞬間、いつも一歩先へ行くからのぅ、あやつは」

ロキが邪笑すれば、フィンが苦笑いし、ガレスも頷く。

リヴェリアは酒ではなく『アルヴの清水』に口付け、笑みを漏らしていた。

ナルヴィ達が会話していたように、これでいよいよ名実ともに強靭な勇士達より上に立った——と言いたいところだが、人造迷宮の戦いを乗り越えたのは彼等も同じだ。猛者を始め闘猫達も遠からずオラリオを震撼させそうだと、フィン達は思った。

それからは、とりとめもない話を交わしていく。

あれだけ飲んだにもかかわらず、ロキは神室から持ってきた、とっておきの瓶を何本も空けた。そんな彼女に呆れつつ、フィン達は大食堂とは打って変わって、静かな時間を楽しむ。

時にはロキが騒ぐが、それは談笑と言ってよい、いわゆる『大人の飲み方』だ。

互いを労い、祝福しながら、この時間だけは肩の荷を下ろして、団員達には見せない顔を浮かべる。

「Lv．7に辿(たど)り着(つ)いた感想は？」

「なんじゃ、お主がそれを尋(たず)ねるのか、フィン？」

「まったくだ」

呆れた表情を見せるガレスの隣(となり)で、リヴェリアも笑みを見せる。

「まずは、そちらから聞かせるべきじゃろう。名声を欲すると言ってはばからなかったお主の方が、万感の思いがあるだろうしな」

「ああ。なにせ男神(ゼウス)と女神(ヘラ)が消えた今、Lv．7が世界の最高位。小人族(パルゥム)だけでなく、下界中が今まで以上にお前の名誉を謳(うた)うのは間違いない」

第一級冒険者の『偉業』の更新とは、それほどに価値がある。

下界の悲願――『三大冒険者依頼(クエスト)』の達成に近付いたことと同義だ。

当然、フィンへの名声も増すことになる。

彼の野望の通過点に過ぎずとも、それは確かな成果だった。

「長かった、とは素直に思うが……短かった、とも同時に思う。少なくともオラリオに来る前の僕の計画では、今の地位に至るまで三十年以上はかかると思っていた」

「当時からそんな計算をしておったのか、生意気な小僧(パルゥム)め」

「オラリオに初めて足を踏み入れた日が、懐かしいな」

呆れを通り越してうんざりとするガレスと、目を細めるリヴェリアを脇目に、フィンは声を低く落とした。

「そして、ここに来るまで犠牲を払い過ぎた」

「…………」

リヴェリア達が口を閉じる。

自分達が至ったLv．7という高みとは、その『犠牲』なくして到底辿り着けるものではなかったと、三人とも理解していたからだ。

「闇派閥が隆盛を誇っていた『暗黒期』から、今まで……先達も、後進も、僕達は失った」

「ああ、相応の犠牲とは口が裂けても言うことはできない。今頃、私達があちら側に加わっても何もおかしくなかった」

「死んでいった者達のおかげ……傲慢だったとしても、あの戦いの後ではそう思ってしまうわい」

三人の脳裏に過るのは、自分達を導いてくれた先達の冒険者達。

そして直近では、人造迷宮の戦いで散っていったリーネ達だ。

あらゆる転機、そして窮地で、フィン達は多くの仲間に生かされ、失ってきた。

「『最善』ではなく、『最高』の結果を掴みたかった……だからこそ、『本物』の道のりはまだ遠い」

それがフィンの本心だった。

『人工の英雄』を本気で脱却する覚悟、そして忸怩たる思いとともに、Ｌｖ．７に到達した胸の内を吐露する。

ロキは何も言わない。

普段のような茶々も入れず、黙って酒を口に含み、フィン達の言葉を聞く。

肯定も否定もせず、子供達の万感の海に、ともに浸る。

そうして。

しばらく時間が経った頃。

「なぁ。久々に、思い出話せんか？」

そんな風に、ロキが言った。

「なんじゃ、いきなり」

「こういう記念日に、自分達の思い出話を語るのは鉄板やろ？　同窓会で集まったら、恥ずい話もアホな話も酒の肴にしてゲラゲラ笑うんや！」

同窓会とは何じゃ、とガレスが呆れるのを他所に、ロキはケラケラ笑う。

その姿に何かを感じたというわけではなかったが、珍しくリヴェリアが肩入れした。

「そういえば、私が契りを結ぶ前、ロキとフィンの二人旅を詳しく聞いたことはなかったな」

「おお、それもそうか。よしフィン、話せ！」

「おいおい、本当にするのかい？」

「往生際が悪いでぇ、フィン！　何やったら今にも増してクソ生意気ショタだった自分の話、うちが暴露してもええんやで～⁉」

参ったな、とフィンは眉尻を下げて笑う。

道化めいた振る舞いをしていたロキは、そこで静かな笑みを浮かべた。

「うちからのお願いや。後悔も喜びも思い出して、いったん、初心に戻らんか？」

Ｌｖ．７に至った今だからこそ必要なことだ、と。

主神は言外にそう告げた。

眷族達は顔を見合わせ、相好を崩す。

そういうことなら、とフィンは観念するように両手を上げた。

「仕方ない、赤裸々に語らせてもらうよ。でも僕の番が終わったら、リヴェリアとガレスも話してくれよ？」

「もちろんだ。お前と一緒に恥をかいてやる」

「この四人の間では今更だがのう！」

エルフは瞑目して微笑み、ドワーフは呵々大笑の声を上げる。

女神に見守られながら、小人族もまた笑みとともに追憶に浸り、語り始めるのだった。

一章

パルウムの冒険

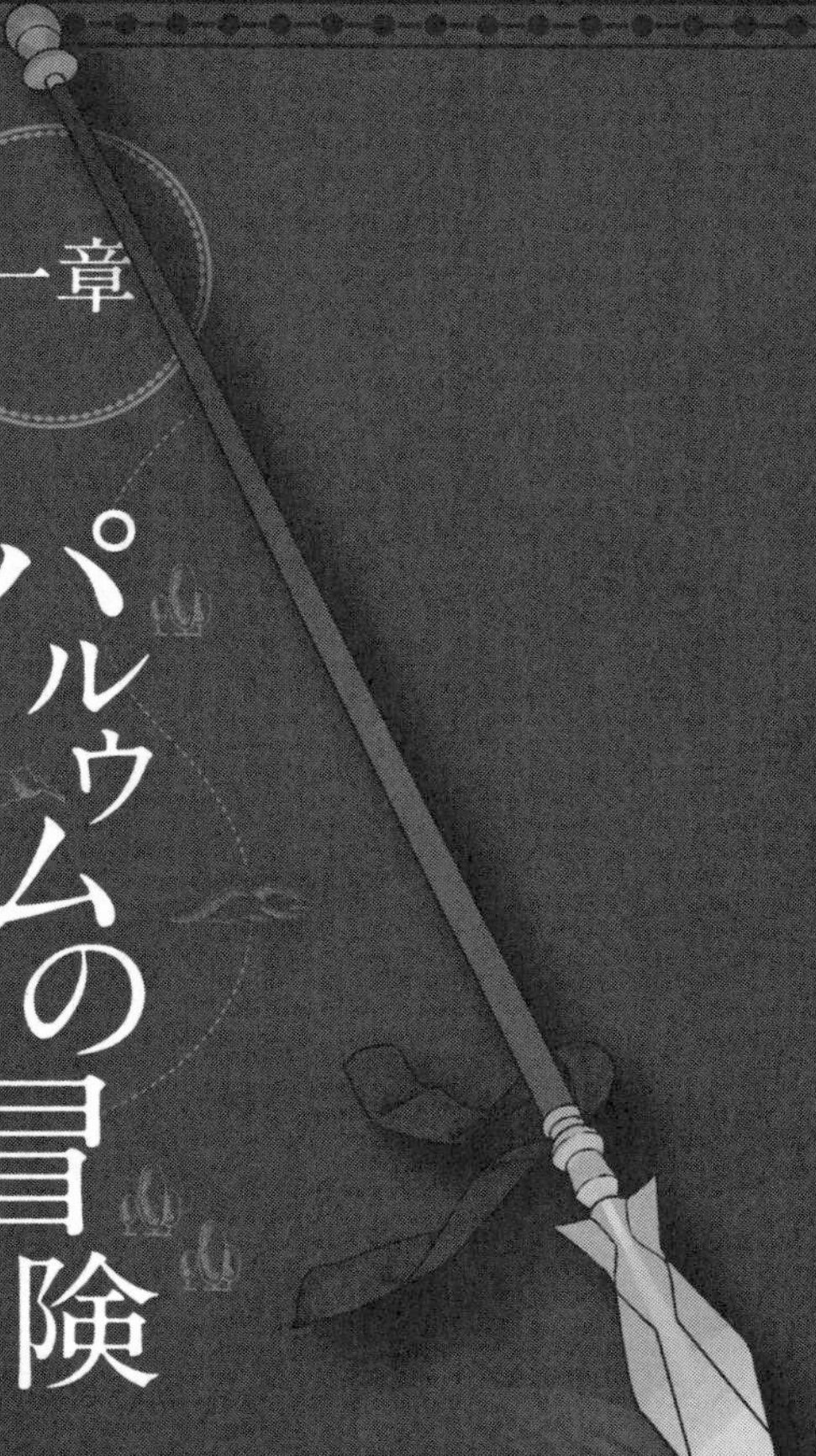
Гэта казка інша… м'і.
прыгоды …маў

ディムナは聡明（そうめい）な子だった。

彼は零歳児（ぜろさいじ）からの記憶がある。母親の胸に抱かれていたことも、村の他種族の住民にいつも腰を低くしていた父親の姿も、全て覚えている。

ディムナは小人族（パルゥム）だった。

どの種族よりも体は小さく、どの種族よりも力がない。

最も潜在能力が低いとされる亜人（デミ・ヒューマン）。

頻繁（ひんぱん）に嘲弄（ちょうろう）され、往々にして搾取（さくしゅ）される。

多くの種族が混在し、生活を営む山間部の村里の中で、小人族（パルゥム）は弱者であった。ディムナが生まれた直後から、同胞達は村人から理不尽な要求を押し付けられてばかりだった。

馬鹿にされ、何も言い返さず、時には奪われていく両親を、賢いディムナは嫌った。

小人族（パルゥム）というだけで何もかも諦（あきら）めたように笑い、自身を卑下（ひげ）する父親と母親を唾棄（だき）した。

何故（なぜ）知恵を絞らない。

何故大きいだけで相手に屈（くっ）する。

何故『架空の女神（フィアナ）』のように立ち向かわない。

両親だけでなく、いつもうつむいている他の同族達も、ディムナを苛立（いらだ）たせた。

小人族（パルゥム）の中でディムナだけは他種族の村人にへりくだったりはしなかった。彼は村で稀少（きしょう）な本を村長の家に忍び込んでは何度も盗み読み、貪欲（どんよく）に知識を増やした。

下界の歴史、村の外の世界。

『架空の女神(フィアナ)』を始めとした英雄譚を知ったのもこの時だ。

書斎で何百冊もの本を読み耽(ふけ)る姿を発見した村の村長に「まるで賢者のようだった」とまで言わしめた。

ある時は頓智(とんち)を利かせて村人達に一泡(ひとあわ)吹かせたこともある。一部の者から返ってくるのは生意気だと言わんばかりの拳(こぶし)や蹴(け)りだったが、ディムナは斜に構えて決して甘んじることはなかった。

自分はあんなみじめな両親とは違う。

同胞達とは異なる。

嫌悪感と矜持(きょうじ)が渾然(こんぜん)となるその一心で、まだ幼かった少年は一族の宿命に反発し続けた。

ディムナは常に、何かに怒っていたのだ。

彼の怒りに呼応するように、目が頻(しき)りに疼(うず)いた。

あるいは逆であったのかもしれない。

真紅の色を知らない双眼が、凶猛(なにか)に駆られる魂こそが、彼を苛立ちの先に駆り立てていたのかもしれない。

やがて時が経(た)ち、ディムナが十歳の時。

彼は命を失いかけた。

山にひそむ怪物（モンスター）どもの真夜中の襲撃だった。村のあちこちから火の手が上がり、他種族の大人達が懸命に応戦する中、ディムナは恐怖と戦いながら奔走した。両親の制止を振り切り、いつも己（おのれ）を苛（いじ）めようとする悪童（あくどう）達や女子供を逃がし、火の手を消して回った。女神として擬神化（ぎじんか）された太古の英雄達のように、勇断をなそうと躍起（やっき）になった。

しかし、幼い小人族（パルゥム）のそれは『勇気』と呼べるものではなく、蛮勇（ばんゆう）ですらなかった。

だから、モンスターの牙（きば）が目前へと迫った。

学んだ知恵が彼に慢心をもたらし、失敗を招いた。彼はちっぽけな矜持の言いなりになり、身の程を弁（わきま）えなかったのだ。百の知識が愚（おろ）かな暴力にあっさりと蹴散らされることを、ディムナはその時、身をもって知ったのである。

そして。

今にも顎（あぎと）に喰らわれようとするディムナを守ったのは、父親と母親だった。

牙に貫（つらぬ）かれた父親と母親は、身を挺して子を守ったのである。

その一方で、小人族（パルゥム）の同胞達はディムナと両親を捨て、逃げ出した。

ディムナは、逃げ出した同胞達に小人族（パルゥム）の絶望を見た。

それと同時に、己より巨大な怪物に立ち向かい自分を守った父親と母親に、『勇気』という名の、小人族（パルゥム）の希望を見た。

涙で滲む視界の中、小さな体を貫かれ、血にまみれながら笑う両親の姿に、一族の『光』を見出したのだ。

駆け付けた他種族の大人によってモンスターが討たれた後、ディムナは叫んだ。

この世に生を受けてから今まで溜め込んできていた、感情の発露だった。

大人達から差し伸べられる手を振り払い、涙に濡れた両親の遺骸の前から駆け出し、夜の森を衝動のまま走った。闇の空から降り始める雨にも構わず、何度も転んで、切り傷を負う手足をも無視し、川べりに飛び出した。ただ一人、空に向かって泣き続けた。

それから一夜が明け、雨も止み、その美しい碧眼から涙が枯れた頃。

ディムナの顔付きは変わっていた。

まるで真理を得たように。

山頂から黎明の光が差し、せせらぎがきらめき、一匹の鮭が飛び跳ねた。

その後、ディムナは己の姓名を捨てた。

自分の手で父親と母親を墓に埋めた時、彼等に由来するもの全てを返したのだ。彼等から授かった『ディムナ』という名前だけを除いて。

代わりに、自らを『フィン』と名乗った。

『フィン』——小人族の言語で『光』を意味する言葉。

全ての覚悟をその名に秘め、少年は村を出た。

一族の再興を。

生まれてくる新たな命に希望を与える、小人族の光を。

己の全てはそれに捧げられる。

始まりのあの日から疼くようになった親指が、囁き声を上げる。

お前では無理だ、と。

現実を見ろ、と訴えてくれる。

「黙っていろ。僕はやると決めた」

齢十歳。

賢く、聡明で、野望を持つ『フィン・ディムナ』は、この時をもって完成した。

あまりにも早過ぎる完成であった。

遠い未来、彼の迷宮都市で第一級冒険者に上り詰めた後も、彼は『フィン』で在り続ける。

自分を救い希望を見せた両親に報いるために。

一族への絶望をも覆す、あの光をもたらすために。

小人族の全てを変えるために。

後に与えられる彼の二つ名はただ一つ。

【勇者】。

真勇（しんゆう）を宿すフィンの冒険は、その日から始まったのだ。


風を受けて、風車の羽根車が回っている。

大広場できらめく噴水に、軒（のき）を連ねる店々で売られる果物や穀物（こくもつ）、川辺で釣れたばかりの魚。

収穫祭（まつり）でも近いのか、紐（ひも）に通された色とりどりの旗（はた）が青空の下で揺れている。

賑やかな喧騒（けんそう）が、人々が住まう村を満たしていた。

「はっは～！　いいなぁ、下界はぁ！」

ヒューマンと亜人（デミ・ヒューマン）達が往来する大広場で、喝采（かっさい）を上げるのは一柱（ひとり）の神だ。

髪の色は黄昏時（たそがれどき）のような朱色、瞳（ひとみ）は狐（きつね）の目のように細まった糸目。異常なほど整った顔立ちと細身（スレンダー）な体は装（よそお）い一つで女性にも男性にも見えるだろうが、歴（れっき）とした女神である。

青い水を飛ばす噴水を背にする神、ロキは、視界に広がる光景に両腕を広げる。

「退屈な『天界』とは打って変わって、ごちゃごちゃしとる！　何よりこの活気!!　死んだ魚の目をしとる神々もおらんし、生に溢（あふ）れとるわ～！　う～ん、わくわくする～！」

ロキは『天界』から降りてきたばかりの神だった。

それこそ半日前、村外れの平原に降り立ち、人の気配がするこの村までえっちらおっちら移動してきたばかりだ。

下界には『無駄』と呼べるものが愛おしいほど溢れている。

他者との繋がりで成り立つ『社会』が、人々の『営み』が存在する。

雄大でどこまでも広く、寂しいほど静かな『天界』とは大違い。何もかもが新鮮だ。あらゆるものが刺激的だ。

倍率甚だしい他の神々を蹴落としてもぎ取った、念願の地上への降臨。

下界の者が生きる今日という景色を生で目にし、感動もひとしおであった。

何よりわくわくするのが、自分も『神』という役職として、地上の住人の一人になったことだ。

「美神とか強神には先越されとるからなぁ～。うちも『ぼくがかんがえた最強の【ファミリア】！』を作るんや～！」

喧騒に紛れて子供のようにはしゃぐ。

すぐ側を駆けていく獣人の幼子達を目で追いながら、唇に微笑みを浮かべた。

「『英雄』とかは興味ないけど……やるからには一番になりたいもんな～」

ざわめきの中に消える呟きを発したロキは、よし、と力を入れた。

今からやることのために、すぅ～、と大きく息を吸い込む。

背を反って溜めた瞬間、思い切り叫んだ。

「誰かぁ～!! うちの【ファミリア】に入らーん!?」

道のど真ん中で上がった大音声に、ぎょっと人々の視線が集まった。

しかしそれが神の仕業だとわかると、通行人は全てを察したように歩みを再開させる。

「ありゃー、無視や～。下界の子は冷たいなぁ。ま、ええわ！ 直接口説きにいったる！」

何度か叫んだが効果はなく、ロキは自ら動くことにした。

意気揚々と、見かけた亜人――可愛く美しく若い女性のみに声をかけ始める。

「お、そこのべっぴんさーん！ うちのファミリアどうやー？」

「し、失礼しまーす」

「何と今なら二人っきりの【ファミリア】！ うちの初めてもらってやー！」

「あはは……ごめんなさい」

「へーい、そこのイカすエルフたん、うちと契約という名のエンゲージせんかー！」

「不愉快だ、消えろ」

ヒューマンに、獣人に、エルフに。

その他三十名以上もの女性に。

ことごとく申し出を断られたロキは、下界という名の現実を叩きつけられた。

「もうー！ みんないけずやぁー！ ちゅうか難易度高すぎー!!」

これがなしのつぶてかー！ と軟派もとい勧誘が全敗したロキは天を仰いだ。

噴水のある大広場まで戻り、がっくりと肩を落とす。

「こりゃアレや、先に来とった神連中の素行が最悪で『触らぬ神に祟りなし』っちゅうまさにそんな感じになっとるんや！　くそっ、アホ神どもめッ！」

概ね間違っていないが、自分の素行の悪さを棚に上げるロキも、やはり神々の一柱であった。

スケベ親父も同然で女の子に声をかけまくる彼女には、既に迷惑そうな一瞥が投げかけられるようになっている。

「……でもまぁ、神は地上に降りた時が一番大変、ちゅうのもよくわかるなぁー」

こんなの序の口なんやろうけど、とも呟く。

【ファミリア】。

神と眷族は一心同体。恩恵を授かる代わりに眷族は使いっ走りになる。

下界の住人の間に広まっている共通認識であり、間違いではない。仲の悪い主神同士の抗争などといった危険性もある。平和な生活に刺激を求めて、そんな軽い気持ちで入団しようものなら痛い目に遭うこと必至だ。

【ファミリア】を選ぶ上で最も重要なのは、主神が神格者であること、とまで言われている。

下界の住人はこの時ばかりは見定める側であり、神の本性を見極めなくてはならない。

「平和そうな村ってのもあるのかもなぁ。モンスターも外壁と衛兵のおかげで来ないみたいやし、『恩恵』を授かった眷族なんて必要ないのかもしれん」

ロキがいる村の名前は『プレブリカ』という。

山の麓、川辺に沿って造られた村だ。

建物は石造り。道にもしっかりと石畳が敷き詰められているのは山を迂回する行商の道程上、馬車と商人が頻繁に立ち寄るため整備したものらしい。伴って宿も多かった。村と言うには大きく、街とは呼ぶには小さい、そんな微妙な場所だった。

だがロキはこの村を気に入った。まず可愛い女の子が多いのがいい。噴水がある街中心の大広場では幼子達が笑顔を浮かべて走り回っている。大きな風車はこれぞ下界という趣がある。

「と思いつつも……スタート地点を間違えたかなぁ。あえて辺鄙なところを狙ったんやけど～」

他の神々とは違うことをしたがる遊戯者根性が裏目に出たかと、大きな溜息とともにロキが青い空を見上げていると、

「――見つけた」

そんな声が、聞こえてきた。

「ん？」

視線を戻すと、往来する人々の切れ間から見えるのは、一人の少年だった。

子供のように背が低く、大人びた笑みを浮かべる小人族の少年。

きらめく髪は黄金色。

旅装を身に纏い、布を巻き付けた槍――その体格に不釣り合いな長槍を携えている。

彼は雑踏（ざっとう）を越えてロキのもとに真っ直ぐやって来たかと思うと、槍を持つ方とは逆、右手の親指を確かめるように舐（な）めた。

「貴方だ」

「なに言っとるんや、自分?」

「貴方がいい」

湖面を彷彿（ほうふつ）させる美しい碧眼（へきがん）を細め、彼はこちらを指差す。

「僕は、貴方の【ファミリア】に入りたい」

そして、はっきりと名指しされた。

これにはロキも驚（おどろ）いた。

子供の方から【ファミリア】も発足していない神の傘下（さんか）に入るということは早々ない。えてして最初の眷族は主神と特別の絆（きずな）を結ぶことになり、よくも悪くも因縁（いんねん）ができるからだ。

逆指名などしてきた酔狂な小人族（パルゥム）を見返す。

口もとに浮かぶ笑みは先程からちっとも崩（くず）れない。

どこか不敵で、自信に溢れているように見える。

生意気そうな小人（ガキ）族だ、とロキはまず思った。

「何だい、神とあろう者が決めかねているのかい?　さっきから貴方の道化振りを見ていたよ、僕が入ってやるというなら願ってもない話だろう?」

いや訂正しよう。

生意気そう、ではなく、まさしく生意気そのものだ。

「それに下界に降りてきたばかりの神なら、選り好みできる立場でもないと思うけど？」

同時に、こちらの事情を僅(わず)かな情報のみで見抜いてくる洞察眼(どうさつがん)も持っている。ロキはあらためて少年をまじまじと見つめた。

女でも通用しそうな美少年。

ロキは可愛い女の子が大好きで、彼は男であるが……『好み』だ。

変な意味ではない。爽やかで穏やかそうな小人族(パルゥム)を気取っているが、実に『狡(こす)い』臭いがする。つまりは、切れ者。

自分にぴったりの子供だ。

そう直感したロキは、いつの間にか唇を吊り上げていた。

「何でうちに声をかけたのかとか、色々気になるけど……先、名前を聞いとくわ。自分、何て言うん？」

少年は微笑みながら答えた。

「フィン……フィン・ディムナだ」

神は地上に降りた時が一番大変。

ロキ自身も口にした言葉だ。

そしてその点で言えば、彼女はこれ以上なく幸運だった。

何せ彼女は『当たり』を引いたのだ。

まさにルーレットを回し、いきなり千金を獲得してしまったかのごとく。

これがロキとフィンの出会いだった。


名乗りを済ませた後、ロキ達は街の酒場に移動した。

「フィン、っつったか？　自分、年は？」

「十四。故郷の村を発って四年、肉体の鍛練と並行して見識を広げてきたつもりだ。モンスターも自分の力で倒せるようになったし、そろそろ契約を結ぶ神を探す頃だと思っていた」

真昼間から盛り上がる店内で、二人掛けのテーブルに座るロキとフィンは自己紹介を行う。

フィンが一方的に、であるが。

卓上に広がるのは豆のソテーと魚の香草焼き、あとは昼食にしてはありえない量の酒瓶だ。

当然、無一文のロキに代わってフィンが支払っている。遠慮なく酒をあおる神は「くぅ～！　この雑な味ッ、下界の酒も癖になりそうや～！」などと感激しているのみであった。

「なんや、じゃあ自分、ほんまに『勘』だけでうちを選んだっちゅうことか？」

「ああ。貴方を見た時、親指が疼いてね。ここ四年、この直感は信じるようにしているんだ」

「ほぉ〜、『勘』なぁ？　んじゃあ、うちは自分のお眼鏡にかなったちゅうことでええんか？」

「そうだね、そういうことになる。親指が言ってるんだ。貴方となら駆け上がれる……僕の野望の近道になるってね」

本当に、全くもってふてぶてしい小人族だ、と酒の肴もほどほどに、ロキはそう思った。

しかし、ちっとも不快ではなかった。

なぜならば、ロキはもう目の前の小人族を気に入っていたからだ。

品行方正の癖に小憎らしいほど不敵なその面構えが。

野望のために神を利用するといって憚らない、その態度が。

「なぁ、フィンきゅん？」

「フィンでいいよ。それにその呼び方はなんだろう、とても寒気が走る」

「フヒヒ。じゃあ、フィン？　自分の野望って何なん？」

その問いを前に、フィンは姿勢を正し、はっきりと告げた。

「一族の……小人族の再興」

酒場の喧騒の真ん中で、場に似つかわしくないほどその宣言は澄んでいて、力強かった。

「小人族には光が必要だ。『女神フィアナ』に代わる、新たな希望が」

「くっ、くくくくっ……その希望（ひかり）に自分がなるっちゅうわけか？　今、なに言っとるかわかっとるん？」

「当然だ。僕は今代の英雄の座を手に入れる」

眼差しを小揺るぎもさせない碧眼を見て、ロキは笑いを押し殺すのに苦労した。

聞く者が聞けばこんなもの、荒唐無稽（こうとうむけい）の夢物語、ただの絵空事だろう。こんな下界の片田舎で何を言っているのかと一笑に付してしまう事柄だ。

だが、神の眼はフィンの覚悟が本物だということを見抜いていた。

目の前にいる小人族（パルゥム）のせいで、下界の住人はみなここまで愉快で、愚かで、眩（まぶ）しいものなのかと勘違いしてしまいそうになる。

――小さい体のくせに、ほんま不相応なモン背負っとるなぁ。

卓に立てかけてある長槍（ちょうそう）を瞥見（べっけん）しつつ、ロキは笑みを浮かべた。

「具体的には？　何する気なん？　一族の希望になるー、いうて無計画（ノープラン）やったら肩透かしもいいところやで」

「決まってる。『世界の中心』で『偉業』を為（な）し遂げるのさ」

間（か）髪入れず、フィンは己が思い描く道程を口にする。

「彼の迷宮都市で、第一級冒険者になる。そして揺るがない地位と名声……最強の【ファミリア】として君臨する」

「なるほど、駆け上がるっちゅうのは、そういうことか」

「ああ。僕は貴方を利用させてもらう。けれど、貴方にも悪くない話の筈だ」

フィンが提示しているのは利害関係。

神は有能な構成員を確保することができ、子は神の派閥を野望のために利用できる。

何も偽らず打算を打ち明けるフィンに、ロキは益々好感を持った。

その身のほど知らずな野望も引っくるめて、全て。

「僕と貴方が率いる【ファミリア】がオラリオの、いや世界の頂点に立つ……どうだい、ワクワクしてこないかい？」

そのいかにもな文句が、フィンの『焚き付け』だと理解しておきながら、ロキは目の前の笑みに引き寄せられるように、唇を三日月に変えた。

「面白いやーん」

やるからには一番。どこかの神も口にした言葉だ。

最強の【ファミリア】を作るというのなら、最初の眷族もでたらめな野望を口にするような、そんな痛快な子供くらいがちょうどいい。

（すんごい打算的なこと考えるなら、【ファミリア】最初の入団者に小人族を選ぶっちゅうのは下策なんやろうなぁ～）

ヒューマン、獣人、エルフ、ドワーフ、アマゾネス、そして小人族。

混血（ハーフ）を除いたこのヒューマンと五種族の亜人（デミ・ヒューマン）の中で、小人族（パルゥム）は最も脆弱（ぜいじゃく）な種族とされている。

体格はヒューマンより小さく、魔力はエルフに及ばず、力はドワーフと比べるまでもない。唯一優れている視力も獣人の秀でた五感の前では霞（かす）み、闘争本能の塊（かたまり）であるアマゾネスには逆立ちしても敵わないだろう。

『恩恵』を授けた後の『能力の伸び代（ステイタス）』という意味でも同じことが言える。

少なくとも最初に選ぶ眷族に、小人族（パルゥム）は候補として挙げられない。

一般的ならば、平凡でも可能性が幅広いヒューマン。

贅沢（ぜいたく）を言えば、序盤は力のゴリ押しで何とでもなるドワーフ。

愛が迸（ほとばし）るなら、気難しく扱いにくいが絶対的な魔法種族（マジックユーザー）であるエルフ。

獣人ならばヒューマンより安定感が増し、アマゾネスは御（ぎょ）せるのであればドワーフと同じく開幕先走（スタートダッシュ）が利く。

下界の派閥運営という競争（ゲーム）に勤（いそ）しんでいる他の神々（プレイヤー）からすれば、ロキが今とろうとしている選択は『馬鹿め』と言って憚（はばか）らないモノなのだろう。

主神からしても眷族からしても、新たな【ファミリア】の旗挙（はたあ）げとは、それだけ重要な『岐路（きろ）』となるのだ。

（けど——こんなんもう理屈やないしなぁ）

そして、そんな他の神々(プレイヤー)に対するロキの返答は、舌を出した笑み一つ。

性能？　相性？　開幕先走(スタートダッシュ)？

そんなもの知るか。

馬鹿はお前等だ。

下界の出会いは『一期一会(いちごいちえ)』。

やり直しも、引き直しもできない。

こんな面白そうな子供を前にして、興味を持たず手放す者がいたとしたら、その神物(じんぶつ)こそ神として失格だ。

だって、見ろ。

目の前の少年は今も、キラキラと、ギラギラと、こんなにも輝いている。

内心でウキウキとし、すっかり契約の気持ちをロキが固めていると――フィンはそこで、待ったをかけるように手の平を向けた。

「ロキ、もし僕の入団を認めてくれるなら、まず約束してもらいたいことがある。でなければ、貴方の【ファミリア】に加わる話もナシだ」

「ん？　なんや、言ってみぃ？」

ロキが促(うなが)すと、フィンは二本の指を立ち上げる。

「貴方の眷族になる上で条件は二つ。まずはさっきも話した一族再興への協力。もう一つは、僕の邪魔立てをしないこと」

「邪魔立て？」

「ああ、ちゃんと弁(わきま)えるし、【ファミリア】に入団するからには相談もすると思うけれど……僕は悲願のためなら、それこそ何でもするつもりでいる」

つまり、どういうことだ？

ロキがそう尋(たず)ねようとした時、

「あ、フィン！　また来てくれたの？」

酒場の給仕の一人が、ロキ達の卓にやって来た。

身長は一一〇Ｃ(セルチ)にも満たない少女で、フィンと同じ小人族(パルゥム)だ。

栗色の髪は首の辺りで切り揃えられており、くりくりとした円(つぶ)らな瞳は栗鼠(りす)のようにいじらしい。その容貌(ようぼう)も相まって庇護(ひご)欲をそそられる。平凡な街娘の服の上にエプロンをかけた少女は「おぉ可愛え、萌(も)えー」とロキをして感嘆させた。

そんな同族の少女に、フィンはにこりと笑いかける。

「やぁ、メリサ。今日も使わせてもらっているよ。街の外で猪(いのしし)を仕留めたから、あとでお裾(すそ)分(わ)けさせてくれ」

「わぁ、ありがとうフィン！　店主(マスター)も喜ぶわ……って、あら？　もしかして、念願の神様を見つけたの？」

「その通り、ようやく僕に相応しい神が現れたんだ」

フィンのその物言いに、メリサ、と呼ばれた少女は呆れた顔を見せた。

「すごい口振り……神様、気を悪くしないでくださいね？　フィンったら、小人族（パルゥム）なのにすごく自信家なんです」

メリサはロキのことを、おずおずと上目遣いで見上げてきた。

「気にしてへんからええよー。若気の至りや」とロキが手を振ると、少女はほっとしたように笑い返す。その姿は弟を気にかける姉にも、あるいは気になる『異性』を心配する乙女のようにも見えた。

「そう言うメリサだって僕にはいつも偉そうだろう？　それに僕の野望を馬鹿にする前に、君の方の念願は叶（かな）ったのかい？　僕より小さい同胞さん」

『身長は伸びたのかい？』という言外のからかい文句に、メリサはぱっと顔を赤らめた。

「も、もうっ！　私の方がお姉さんなんだからねっ！」

お盆（ぼん）を抱えながらぷんぷんと怒るメリサだったが、ロキからしてみればどっちもどっちだ。おませな幼児二人が交流しているようにしか見えない。「小人族（パルゥム）の女の子もええなぁー」と思わずほんわかしてしまう。

「おいメリサ、注文！」

「あ、いけない！　それじゃあフィン、神様、ゆっくりしていってくださいね！」

長台奥(カウンター)の店主(マスター)にどやされ、メリサは慌ててテーブルから離れていった。

「あれでもこの店の看板娘なんだ」とフィンに教えられ、ほぉ～、と相槌を打っていたロキは、そこで目聡(めざと)く気付いた。

少女の後ろ姿に視線を引き寄せられている、フィンの瞳に。

「うひひっ、なんやフィン、あの娘(こ)に気がある～ん？　そういえば店に通っとるってさっき言っとったなぁ～。さては自分、下心ありありでメリサたんのことを……！」

非情にうざい親父顔を浮かべ、ロキはここぞとからかってやろうとしたが、

「ああ。少々恥ずかしいけれど、この感情は『初恋』と呼べるものなんだと思う」

あっさりと肯定したフィンに、瞬(まばた)きを繰り返してしまった。

今も酒場を動き回る看板娘を目で追い、かすかに微笑んでいるその横顔は、およそ思春期を迎えている少年のそれとは思えない。まだ父親や兄弟と呼んだ方が納得できる。

今の言い方もそうだ。自分の胸の内を客観的に見て『初恋』と認めてしまう声音(こわね)の、なんとあっさりしていることか。

甘酸っぱさなど、どこにもなく、これにはロキも毒気が抜かれてしまう。

これが子供の背伸びだったら微笑ましかったかもしれない。

だがフィンの場合は背伸びというより、既に老成と言うほどの貫禄があった。

（……下界の住人ってこんな達観してるん？　だったらヤやわー）

などと、しょうもない本音を胸の内でこぼすロキだったが、結局それは杞憂だった。

この小人族が特別だっただけである。

「さっきの邪魔立てしないっていう話に戻るけれど、あれはコレのことさ」

「あん？　コレ？」

「そう。僕は一族の再興のために、『お嫁さん探し』も進める」

しかも、ロキの予想の斜め上に行くほどに。

「……は？」

「僕が一族の希望になった後、その栄光も一瞬で終わっては意味がない。後継者が必要だ」

「……はぁ？」

「【ファミリア】の恋愛は極力身内で。間違っても他派閥の者と関係を持ってはいけない。鉄則だろう？　だが僕は、相応しいと思った同胞を見つければ、他の【ファミリア】の者でも求婚を申し込むだろう」

「……それを『邪魔立て』するな？」

「その通り。ま、さし当たってはメリサが『資格』を持っていて、僕の想いに応えてくれると嬉しいんだけど」

「……可愛い女の子を囲って、ハーレムでも作る気なん？」

「必要なら、ね。柄じゃないっていうのは重々承知だけど」

フィンが淀(よど)みなく答えた、数瞬後。

「――だひゃひゃひゃひゃひゃひゃひゃひゃー!!」


ロキは大いに仰(の)け反(ぞ)って、笑い声を上げた。

「お嫁さん探しとか、自分マジうけるー!!」

「僕は本気なんだけどね」

「はははははっ、もう最高やー!」

肩を竦(すく)めるフィンを前に、ばんばんとテーブルを叩く。

いきなり呵々大笑(かかたいしょう)を始める女神に、酒場中の客や店主(マスター)、他の給仕、そしてメリサの驚いた視線が集まるが、ロキの笑いの発作は一向に治まらなかった。

ひーひーっと痙攣(けいれん)すること数度。

目尻に溜まった涙を拭ったロキは、心の中で喝采(かっさい)を上げた。

決定!

もう入団決定!

こんなに馬鹿で面白い子供を逃がす手はない!

そんなことをすれば道化師(ロキ)の名折れだ!!

この小人族が、自分の記念すべき初めての眷族である。

「最初は可愛い娘が良かったんやけど、もう自分で決まりや！」

「それじゃあ？」

「ああ、入団認めるで！　フィンが【ロキ・ファミリア】最初の眷族や！」

ロキが杯を持つと、笑みを浮かべるフィンも倣う。

二人は杯をぶつけ合うと、それを大きくあおった。

ここにロキの最初の眷族が生まれた。

それはロキとフィンの【ファミリア】の始まりも意味する。

今はまだ構成員一名、しかも小人族しかいない弱小派閥【ロキ・ファミリア】は、どことも知れない田舎の村で発足するのだった。

「よし、じゃあ早速やることやるか！」

酒を全て飲み干したロキは口元を拭い、勢いよく立ち上がる。

「フィン、宿とっとるか？」

「ここに滞在する間、利用している安宿はあるけど……どうしてだい？」

「そっちへ移動や！　入団の儀式をするで！」

「儀式？」

首を傾げる小人族の少年に、ロキはにやりと唇を吊り上げた。

「決まっとるやん――『恩恵』を刻むんや」


フィンの利用している宿は、村の目抜き通りを折れた裏路地に存在した。

固そうな寝具に椅子と机がある室内。安宿と謳っているが、最低限の調度品の存在と個室である時点で、十分及第点だ。何せこれから行うのは【ファミリア】以外の者に見られてはいけない重要な『儀式』なのだから。

「じゃあフィン！　早速服を脱ぐんや！　あ、上だけでええで！　下も脱ぎたいんやったらうちは止めへんけど！」

ロキは木張りの部屋へと入室するなり、少年へ服を脱ぐように命じた。

苦笑するフィンは「遠慮させてもらうよ」と言って、上着に手をかける。

「噂には聞いていたけど、本当に背中へ刻むんだね」

「ふひひ、流石のフィンも緊張するか？　んん？」

「大丈夫だよ、ロキ。早くやってくれ」

上半身を裸体にし、椅子に腰かけるフィンは、目を瞑りながら笑みを浮かべていた。

この時を待っていた、そんな風にすら見える。

寝具（ベッド）に座るロキは「ほんま可愛げないやっちゃなー」とぶーたれながら、フィンから借りたナイフを用いて、人差し指の先端を切った。

これより行うのは、【ファミリア】入団の儀式。

超越存在（デウスデア）たる神が、『神の恩恵（ファルナ）』を下界の住人に刻むのである。

「やるで、フィン？」

ロキの最終確認に、フィンは後ろ姿を向けたまま、厳（おごそ）かに頷いた。

やがて、神の指から滲み出る神血（イコル）が滴（したた）り、小人族（パルゥム）へと落ちた。

たちまち光の波紋が彼の背中に広がり、指を滑らせるロキが『恩恵』を刻み込む。

「んっ、これでフィンはうちの眷族や！　もう逃がさへんで～」

「はは、僕も長い付き合いになることを願ってるよ。……あらためて、これからよろしく頼む、ロキ」

淀（よど）みなく紡（つむ）がれるのは朱色の【神聖文字（ヒエログリフ）】。

小柄でありながら鍛えられている小人族（パルゥム）の背に、朱の軌跡（きせき）が走っていく。

碑文（ひぶん）を彷彿（ほうふつ）させる文字の羅列（られつ）は時間を経て神の象徴（シンボル）を描き、次には主神と眷族の真名（まな）の刻印に移った。

その時、現（あらわ）れた少年の真名を見てロキは小首を傾げたが、何も言及はしなかった。

今の今まで散々見せつけられた通り、『フィン』という名前ですら彼の背負う覚悟の表れだということを、察することができたから。

「……ほいっと！」

間もなく。

道化師(トリックスター)の象徴(シンボル)をなす、ロキの『恩恵』がフィンの背中に刻まれる。

夥(おびただ)しい【神聖文字(ヒエログリフ)】が刻まれたその背中を、感慨深(かんがいぶか)く眺めていたロキは、不意に目を見開き、すぐにニヤニヤと笑い始めた。

「ほぉ～、ほぉ～～～……」

「終わったのかい、ロキ？」

「おっと、すまんすまん、終わったで～。ちょっち待ってな、今共通語(コイネー)に書き換えるわー」

興味深げに視線を走らせていたロキは、用意してあった羊皮紙に羽根ペンを走らせる。

綴(つづ)られるのは、刻まれたばかりのフィンの【ステイタス】だ。

(初っ端(しょぱな)から『スキル』が二つ、おまけに『魔法』も一つ発現しとる。……他の子もそうなんか？　いや、こりゃフィンが特別なんや。それにこの内容……『稀少(レア)もん』の匂いがぷんぷんする)

フィンの背中を一瞥(いちべつ)し、やはりこの小人族(パルゥム)は『当たり』なのだと、ロキは確信を得た。

同時に思ってもみなかった下界開幕特典(スタートボーナス)を引いて、子供のような優越感を覚えた。

思わず笑みを浮かべつつ、この『当たり』を引く瞬間も【ファミリア】を作る上での楽しみなのかもしれない、とそんなことを考えてしまった。

姿見（かがみ）などという高級品が田舎の宿屋にあるわけもなく、背中を確認する術がないフィンはあっさり服を着直した。といっても、さしもの彼も【ステイタス】が気になっているのか、澄まし顔の中に待ちわびる感情が見え隠れしている。

それに一笑しながら、ロキは共通語（コイネー）を綴り終えた。

「ほい、これが自分の【ステイタス】。よく見ときぃ」

「ありがとう」

手渡された更新用紙に、フィンの視線が落とされる。

フィン・ディムナ

Lv.1

力：I0　耐久：I0　器用：I0　敏捷：I0　魔力：I0

《魔法》

【ヘル・フィネガス】

・高揚魔法。

・全能力の超高強化。

・好戦欲激昇に伴う判断力低下。

《スキル》
【小人真諦(パルゥム・スピリット)】
・逆境時における魔法及びスキル効力の高増幅(ブースト)。
【勇猛勇心(ノーブル・ブレイブ)】
・精神汚染に対する高抵抗(レジスト)。

そして、ある項目に視線を止めた少年の碧眼(へきがん)は見開かれた。

「……自分、凶暴なもん飼っとったなぁ」

『スキル』もさることながら、少年の中に眠っていた『魔法』――凶猛(きょうもう)の力の本質を見抜き、ロキは唇を吊り上げるのだった。

2

鋭い一閃が、モンスターの胸もとに叩き込まれる。

『グガァ⁉』

絶命を言い渡した槍の穂先は、更なる加速をもって左右にいた怪物の急所に一撃を見舞った。

雄鹿のモンスター『ソード・スタッグ』の絶叫が木々の間に反響する。

「これが『神の恩恵』か……なるほど、いいね」

黄金の髪を揺らすフィンはたった一人、モンスターの群れを相手取っていた。

場所は『プレブリカの村』を見下ろせる山の中腹。

木々が薄れ、長槍の特性を発揮できる開けた地形である。

近頃モンスターの動きが活発で困っている、という商人の依頼を受けてフィンは怪物退治に臨んでいた。

いや、正確には、【ステイタス】の力を確かめるための『腕試し』といった方が正しい。

槍を軽々と振るう腕力の向上。

複数のモンスターの動きを正確に捉える動体視力。

そして、敵の爪牙を掠らせもしない素早い身のこなし。

「『恩恵』の力がこれほどとは、思ってもみなかった——な！」

　力強い踏み込みとともに、長槍を力任せに一閃する。

　それだけで視界にいたモンスターは薙ぎ払われ、二度と立ち上がることはなかった。小人族(パルゥム)の細腕では、これまでできなかった芸当に、フィンはつい口角に笑みを刻んだ。まるでドワーフにでもなったようだ。

『肉体が躍動する』という感覚を存分に味わう。

　神の眷族(ファミリア)の一員となったフィンは己に発現した力を分析し、体感し、興奮していた。

「いーや、神々(うちら)の『恩恵』は促進剤……ただの切っかけに過ぎん」

　そんなフィンの呟きを否定するのは、交戦を傍観(ぼうかん)しているロキだ。

「その腕っぷしも、ナイフみたいに鋭い五感も、み～んなフィンの中に眠っていた力(もん)やで。うちはちょっとソレを叩き起こしただけや」

『神の恩恵(ファルナ)』について解説する彼女は頭の後ろに両手を組み、まるで自分のことのように得意気な笑みを浮かべた。

「ここら辺の怪物(モンスター)を倒せば報酬(ほうしゅう)もらえるんやろ？　記念すべき眷族(ファミリア)デビュー戦っちゅうことで酒を奢(おご)ってくれ、フィーン！　可愛い子供のお金で奢られて喜ばない神(おや)はおらーん！」

「何でも奢るから、大人しく村で待っててほしかったなぁ……」

　戦場のド真ん中に突っ立った挙句「いけー！」と両手を振り回して度々モンスターの標的対

象にされる主神に、フィンは苦笑を落としながら守り続けた。

『コボルト』の群れをあしらう傍(かたわ)ら、ロキに突っ込もうとする猪のモンスター『バトルボア』を、翻(ひるがえ)す一撃で苦もなく屠(ほふ)る。

(ん～、強いなぁ。ちゅうか、抜群や。【ステイタス】の力に寄りかかるんやなくて、『戦い方』を極めてるのが武神でもないうちにもわかる)

興味本位で付いてきたロキの目から見ても、華麗、と呼べる槍捌(やりさば)きだった。

いくら『神の恩恵(ファルナ)』を得たからといって、十以上もの数の敵は苦戦する筈だ。

だがフィンはそれを物ともしない。身の丈の二倍はある長槍を軽々と扱う彼には戦士の貫禄があった。それは授かったばかりの【ステイタス】を差し引いても、確たる地力を有しているということである。

何より、かつて小人族(パルゥム)が失ったといわれている胆力――『勇気』を、彼はその小さな体に秘めていた。

『オオオオ――――――ッッ!?』

野猿のモンスター『シルバーバック』から、一段と甲高い断末魔の叫びが放たれる。

それが戦闘の終了を告げた。

フィンは赤く染まった愛槍を振り鳴らし、返り血を飛ばす。

「ひとまず、終わりかな?」

「おー、お疲れちゃーん。どうやった、デビュー戦の感触は？」

「今までの自分と、力の差を如実に実感できたよ。【ステイタス】を授かれば幼い子供でもモンスターを撃退できる、なんて眉唾物だった噂も今なら信じられる」

一息つくフィンはロキに返答しながら、戦利品の収拾を始めた。

モンスターの胸部から自分の小指の爪よりずっと小型の『魔石』をくり抜いて、亡骸を灰へと変えていく。

地上のモンスターの『核』は迷宮のモンスターより遥かに小さい。何十個かき集めたところで換金額はたかが知れているが、商人と交渉できるだけマシだ。何よりモンスターの死骸を放置することは危険を招く。

フィンは手慣れた様子で灰の山からモンスターの爪や毛皮──『魔石』より遥かに高く買い取ってもらえる──いわゆる『ドロップアイテム』と呼ばれるものを集めていった。

「なぁー、フィン。聞いてもええか？」

「何だい、ロキ？」

「自分の野望は小人族の英雄になることやろ？」

「語弊はあるけど、間違ってはいないね」

「なら、何でさっさと【ファミリア】に入らんかったんや？『恩恵』を得た方がぽんぽんと強くなれるやろう？」

『神の恩恵(ファルナ)』は下界の住人の潜在能力を目覚めさせることもさることながら、その真骨頂は【経験値(エクセリア)】の獲得による発展性にある。

【ステイタス】の更新によって育まれていく『器』は、およそ人の一生をかけても得ることのできない『成長』をもたらすのだ。昇格(ランクアップ)も含め、それは人類から限界を払拭するものであり、誤解を恐れずして言えば、無限の可能性を解き放つものである。

疑問を呈するロキに、屍(モンスター)のもとに屈み込んでいたフィンは立ち上がった。

「まずは精神……『器』に振り回されない『心』を培うことが先決だと考えていた。そちらの方が最終的に早く高みへ至ることができる、そう思ってね」

「ほーぅ?」

「教養に雑学、戦い方にまつわる『技と駆け引き』……辺鄙(へんぴ)な山奥にいた修行僧に頼み込んでこの四年間、稽古(けいこ)をつけてもらっていた。あとは、そうだね、『恩恵』を得ていない自分がどこまでやれるのか見極めたかった、からかな」

自分の『器』を知り、将来の可能性を広げたかった。

フィンはそう締めくくる。

そんな彼の横顔を、ロキは片目をうっすらと開いて見つめた。

(やっぱり、この子は他の子供と違うみたいやなぁ)

一線を画していると言ってもいい。

【ステイタス】を授かって己の力に酔う下界の住人は多い。

迷宮都市（オラリオ）の冒険者の言葉を借りるなら『【ステイタス】に振り回されている』という状態だ。

解放された潜在能力を過信する大多数の者達とは異なり、フィンはまず、己の内面を磨（みが）いたのだ。逸（はや）る心を抑え、最終的な大成を見据えて最適な方法を選択している。そして、それは正しい。

たとえば、フィン・ディムナは迷宮都市（オラリオ）の冒険者が迎える苦労とは無縁の位置にいる。

往々にして【ステイタス】に依存してしまう駆け出しの冒険者は、遅かれ早かれ戦闘の技術不足に悩まされることになるが、この小さな小人族（パルゥム）は困難に直面した時、柔軟な知恵と積み重ねた経験、培（つちか）われた技術によってそれを超克（ちょうこく）する術を持っている。

もし急成長を遂げる新人冒険者（スーパー・ルーキー）がいたとしても、基盤をしっかり固めているフィンの方が安定的に、より早く、そしてしたたかにダンジョンを攻略していくことだろう。彼は慢心や驕（おご）りを殺すばかりか、一流の戦士のごとく心身を御し、『器』と並んで『芯』を極めていたのだ。

「……この下界開幕特典（スタートボーナス）は、ちょっとばかし豪華過ぎかもな」

視線の先にいるのは、Lv．1でありながら多彩な知識、そして『技と駆け引き』を備える精強な槍使い（ランサー）だ。

頼もしい限りや、とロキは思った。

だがその半面、物足りない、と思う心もあった。

彼はロキが手を貸してやらなくても『完成され過ぎている』から。

始まりの物語にありがちな、ゼロからぐんぐん成長を楽しむ遊戯(ゲーム)の醍醐味(だいごみ)がないわー、と。

その一点だけは嘆(なげ)いてしまう。

「……ま、ええわ。眷族が強いに越したことはないし。それに……フィンのお嫁さん計画（笑）の方はまだまだ未完成やからなぁ～」

そこで一転。

ロキは女神に似つかわしくない、親父臭い笑みを顔いっぱいに広げた。

「フィン～、いつ初恋の相手メリサたん口説きにいく～ん？」

「また突然だね……」

「そんなことないで～。フィンの伴侶(パートナー)になってくれるっちゅうことは、高確率でうちの【ファミリア】に加わるってことやからなぁ。仲間を増やすのは、派閥として急務やろ～？」

戦闘の後処理が終わるのを見計らって、ロキはたった一人の眷族にすり寄った。

彼女のニヤニヤとした笑みに、フィンは最初から降参するように両手を上げる。

「フィンもメリサたんに交際を申し込む気、満々やろ？　神には嘘(うそ)はつけへんで～」

「ロキ……間違ってないんだけど、もうちょっと手加減してくれないかな？」

「きっとメリサたんもフィンに気があるで～。『僕の子供を産んでくださーい！』って言ってもきっと受け入れてくれるわ。顔を真っ赤(まっか)にしながらなぁ、グフフ～」

「だからロキ、言い方をさ……」

早まったかなぁ、と自分の野望を打ち明けてしまったことを軽く後悔して、苦笑する。

しばらく主神のイジリに付き合っていたフィンは、ふと、視線を辺りに飛ばした。

「……ンー」

「どうしたん？」

森の中には先程と変わらず、灰と化したモンスターの末路が散乱している。

それを見回すフィンに、ロキが首を傾げる。

「今回の依頼を出した商人は、山のモンスターの動きが活発になっていると言っていた。麓まで下りて、旅人や行商に被害を出していると」

「あぁ、言ってたなぁ」

「これが同一の種族だったら何もおかしくないんだけどね……習性も異なる多種のモンスターが群れをなして、それも頻繁に事件を起こしているとなると、少し事情が違ってくる」

フィンがここで撃破したモンスターは『ソード・スタッグ』、『コボルト』、『バトルボア』、『シルバーバック』、その他多岐にわたる。

ロキはみなまで聞かずともわかった。

この山の『モンスターの動き』は、下界でよく見受けられるものとは事情が異なっているのだと。

小人族（パルゥム）の少年は、静かに右手の親指を舐めた。

「こういった場合は、主に二つの可能性がある。一つは縄張りが荒らされて興奮している時。そして、もう一つは――」

そのフィンの言葉が遮（さえぎ）るように。

ドォンッ！　という激しい音響が、山の麓より上がった。

「……強大なモンスターによって、群れが率（ひき）いられている時」

一驚するロキが顔を振り上げるのを他所に、フィンはその場から走り出し、切り立った崖（がけ）の上から山裾の方角を見下ろした。

亜人（デミ・ヒューマン）の中でも優れた小人族（パルゥム）の視力が、その光景を正確に捉える。

麓に広がっているのは他ならない『プレブリカの村』。

そしてその村の外壁が、突破されていた。

それも多方面、モンスターの大軍によって。

「おいおい、フィン？　まさか……」

「ああ、そのまさかだ」

モンスターによる人里の襲撃。

ふざけた態度を消すロキの隣で、フィンの碧眼は、村に侵入していく一際巨大な影を視認した。

「この山の大群（モンスター）は、あの厄介な怪物に従っていたらしい」

怪物の孤王（モンスターレックス）とは言うまい。

だが、図らずもフィンの読みは的中してしまった。

伴って強い疼（うず）きを上げるのは右手の親指だった。

まるでがなり立てるように、『あれとは戦うな』と疼痛（とうつう）を発する。

親指の『直感』は、今の自分（フィン）の手に余るほどの脅威であると物語っていた。

「……どうするんや？」

静かに問いかけてくるロキの視線を頬の辺りに感じながら、フィンは、己の右手を見下ろし――疼く親指ごと拳を作った。

警鐘（けいしょう）を握り潰す彼の瞳に映るのは、四年前に襲撃された故郷の村、そして自分を守って天に還（かえ）った両親の最期である。

当時のあらゆる感情が蘇（よみがえ）る。

そして二度と失うものかという『勇気』の声が胸を打つ。

「そんなもの、決まっているだろう？」

目の前の人々を救えずして、何が光（フィン）だ。

黄金（こがね）の髪を揺らしながら、フィンは己の主神に笑みを返した。

「行こう。村を救う」

平和だった筈の村に、モンスターの咆哮（ほうこう）が轟（とどろ）く。

『オオオオオオオオオオオオオオオオオオ！』

「いやぁああああああああああ!?」

今や『プレブリカの村』は恐慌（きょうこう）の渦中にあった。

突如（とつじょ）として山から攻め寄せたモンスターの大群。今までになかった怪物の進撃に、背が低い石造の外壁は何の役にも立たなかった。配備されていた衛兵も蹴散らされ、容易（たやす）く村への侵入を許してしまったのである。

村の中は既に惨状（さんじょう）の一言だった。破壊された風車、大穴を開ける木造りの家屋。収穫祭のために飾られていた旗は無残に千切られ、地面に落ちたそれが踏み荒らされる。間断なく響いているのは村人達の悲鳴だ。

種族がばらばらのモンスターの群れは、手当たり次第に建物を壊し、逃げ惑う人々へ襲いかかかっていく。

「あ、ああぁ……！」

小人族（パルゥム）のメリサは、路傍（ろぼう）にへたり込んでいた。

異変を察知した酒場の店主に促されるまま、わけもわからず店を飛び出せば、視界に広がったのは泣き叫ぶ顔見知りの村人達と、彼等に牙を剝く醜悪なモンスターの群れだった。

振るわれる怪物の爪によって血と涙が散る。

建物が破壊される音と、助けを求める声が木霊する。

多くの者が、村のいたるところで倒れている。

一人逃げ遅れた小人族の少女は、眼前の光景に手足を縛られてしまう。

『グオオオオッ！』

「ひっ⁉」

そして、涙を溜める彼女の前に、とうとうモンスターが迫った。

迫りくる一匹の怪物の牙に、メリサが目を瞑った瞬間。

『――ガッッ⁉』

凶悪な咆哮は、絶命の叫喚へと変わり果てた。

「……え？」

「メリサ！　無事か！」

恐る恐る瞼を開けたメリサの目に映るのは、倒れ伏すモンスターと、長槍を回転させる同族の少年だった。

間一髪モンスターを屠ったフィンは、呆然としている少女に笑みを投げる。

「フィン……？」

「ああ。危ないところだった。ロキ、彼女のことを頼む」

「ん、了解や」

茫然自失とするメリサの背後にロキが現れる。

モンスターの襲撃から数えて半刻。

山の中腹より急行したフィンとロキは村に辿り着いていた。

道中斬り払ったモンスターは数知れず、フィンの長槍は真っ赤に染まっている。

「しっかし、駆け付けたはいいけどコレ、もう手ぇ付けられんとちゃうか？　フィンがいくら強くても一人じゃどうにもならんやろ」

片手を額にくっつけ、辺りを見回すロキは呆れにも似た表情を作った。

「下界に降りて早々こんな修羅場に出くわすなんて、自分のことながら笑えるわ」

「言っている意味はわからないけど……やるしかないさ。モンスターを殲滅する」

軽い調子で嘆いてみせるロキに、フィンは笑みを返さず、戦士の顔を纏った。

そして、そのフィンの言葉を聞いたメリサは、はっとした。

次には身を乗り出して、その手を伸ばす。

「駄目っ、フィン！」

「……メリサ？」

片腕に抱き着く少女に、フィンは振り返る。

「危ないわっ、絶対に死んじゃうっ！」

「……」

「貴方が同胞の中でも強いことは知っているけどっ……行っちゃ駄目！」

「……」

「だって、小さい私達にっ……いったい何ができるっていうの⁉」

子供のように縋る少女は、フィンが思う現代の一族そのものだった。

小さい自分達を卑下する者達。

両手で頭を抱え、縮こまる弱き者達。

一族そのものを象るメリサは、大切な者を失いたくない一心で、瞳に涙を溜めて、訴えた。

「私達は、小人族なんだから！」

彼女の想いが伝わってくる。

フィンを想ってくれる少女の優しさが。

その彼女の想いに、フィンは、

「それは違う。メリサ」

「えっ……」

否定の言葉を返した。

彼女の想いを受け止めながら、それでもなお、力強く訴え返した。

「小人族だから、じゃない。小人族だからこそ、僕達は奮い立たなければいけない」

「！」

「小さい身である僕達にも――いや、僕達にしかできないことがある」

湖面のごとく輝く碧眼が、揺るがない意志を灯す。

年下だと思っていた少年の、その透徹した眼差しに、メリサは言葉を失った。

かつて『ディムナ』と呼ばれ、喪失を味わった男の胸に宿るのは、意志だ。

少女と視線を交わしながら、フィンはその意志を口にする。

「どんなに大きな者にも屈することのない、『勇気』を示すことだ」

唖然とするメリサの手から離れ、フィンは前を見据えた。

今も村を蹂躙するモンスターの大群を。

一振りの槍とともに歩み出すその小さな背中に、口を挟まず見守っていたロキは、笑みを滲ませる。

「【ファミリア】に加わって早速『冒険』なんて、自分も災難やなぁ、フィン？」

おちょくるように言葉を投げかけてくる主神の期待に、あたかも応えるように。

フィンは怖けることなく、毅然と笑った。

「冒険？　何を言ってるんだい、ロキ？」

そして、その横顔に秘めたる覚悟を覗かせる。

「僕は『フィン』と名乗ったあの日からとっくに──『冒険』をしているんだ」

一族の希望に至るための道程(どうてい)。

小人族(パルゥム)の冒険。

視界に広がる果てしなき旅路を見据え、フィンは勢いよく長槍を振り鳴らす。

立ちつくすメリサの隣で、ロキはにっと唇を吊り上げる。

「ん、わかった。んじゃあ、いってきぃ」

神に背中を押され、フィンは発走した。

「ふッッ‼」

『ゲエッ⁉』

路上で村人に飛びかかろうとした猿のモンスター『ワイルド・エイプ』を一槍のもとに撃破し、目抜き通りを駆け抜ける。

フィンの行動は電光石火だった。

進路上にいる全てのモンスターにすれ違い様、槍の一閃をお見舞いし、首から鮮血の雨を噴き出させる。絶命ないし致命傷の傷を刻まれたモンスター達を再起不能にしては村人達を救い出し、事態の打開を図るための『目的地』を目指す。

「ちくしょうめぇ⁉」

「くっそっ、来るんじゃねええ！」

視界の端々ではフィン以外にも戦う者達がいた。

一度は侵入を許した衛兵、村に立ち寄った隊商（キャラバン）に雇われた傭兵達がそうだ。

後者の者達はよりにもよってモンスターの大進撃が起こった今、この村に居合わせたことを呪いながら、泣き叫ぶ村人を守ろうと必死に戦っている。

だが、それも風前の灯（ともしび）だった。

今にも剣を放り捨てて逃げ出そうとしている。

彼等が戦意を失ったが最後、村の全滅は免れないものになるだろう。

「させるものか」

立ち塞がる豚頭人体『オーク』の巨軀（きょく）を斬り伏せ、勢いよく踏み切る。

疾走するフィンが辿り着いたのは、村の大広場。

ロキと最初に出会った、村の中心地である。

そしてここが、戦況を覆（くつがえ）す彼の『目的地』だった。

「――勇敢な戦士達よ!!」

人とモンスター、最も激しい戦いが繰り広げられている主戦場のド真ん中で、フィンは声を張った。

空にまで上る小人族の大音声に、人々は愚か怪物でさえも何事かと動きを止め、噴水の上に立つ彼を見る。

「怪物の侵略に屈してはならない！　この村を捨てれば更なる悲劇が生まれるだろう！　他ならない、逃げ出した貴方達の手が多くの血と涙を招く！」

フィンの声は、よく通った。

何よりその叱咤激励には、人々の心を揺り動かす強き意志が宿っていた。

『鼓舞』を始める小人族の少年に、唖然とする衛兵や傭兵達の視線が引き寄せられる。

「モンスターの蹂躙を許すな！　愛する者を守れ！　英雄のごとく吠えろ！　さすれば勝利の風は僕達のもとに吹き寄せるだろう‼」

己一人で村を救える――そんな思い違いをフィンはしない。

少年はそれで一度、失敗した。まだ幼く無知であった頃、ただ一人で何とかしようと愚行を犯し、生まれ故郷で両親を失ってしまった。

今の『フィン』は、同じ失敗を二度と繰り返すことなどない。

息を切らし、血を垂れ流す、満身創痍である筈の衛兵達は拳を握った。

フィンの声は、窮地の中にあって傭兵達の胸を揺るがした。

誰とも知らぬ小僧の発破に、誰もが心に炎を灯す。

「それとも――」

その時。

煩わしい雄叫びを放つ小人族を潰そうと、複数のモンスターが襲いかかった。

視線が釘付けとなっていた村人や傭兵の間から悲鳴が漏れ出そうとする直前、槍が高速の閃光を描く。

目にもとまらぬ穂先の乱舞、一瞬で肉塊へと変わり果てる怪物達。

広場の時が止まる中、長槍を凄烈に操った槍使いは背中を晒しながら、横顔だけ振り向かせ、唇を吊り上げた。

「――こんな小人族ごときに後れを取っていいのかい？　異種族の同胞達」

心底生意気で、不敵な笑み。

人を焚き付ける才能の片鱗を窺わせるフィンの挑発。

いつも見下されて馬鹿にされている小人族だからこそ、彼の『鼓舞』は光る。

神経を逆撫でされた衛兵、傭兵達は歯を食い縛り、とうとう雄叫びを返し始めた。

「生意気言ってんじゃねぇぞ、ガキィ！」

「私達は、いつもこの村を守ってきたんだ！」

「こちとら伊達に傭兵をやってるんじゃねえんだよ！」

ある者は怒ることで恐怖を追い出し。

ある者は衛兵の誇りを掲げ。

ある者は傭兵の矜持(きょうじ)を叫んだ。

モンスターを怯(ひる)ませるほどの熱気のうねりが戦場に生ずる。

「村を守るんだあああああっ!!」

そして、熱気は勇壮な歌へと変貌した。

鬨(とき)の声を上げ、剣と槍を持つ戦士達が怪物どもに斬りかかる。

『!?』

息を吹き返す人間達に、この時モンスター達は確かな驚倒(きょうとう)を見せた。

奇襲を被り、あれほど弱っていた獲物が身を奮い立たせて逆襲を開始したのだ。それは本能のまま行動する怪物には到底理解できようのない現象——守るべきもののために猛る人の底力だった。

振るわれる剣に切り裂かれ、突き出される槍の串刺しに遭(あ)い、悲鳴が連鎖する。

瞬く間にモンスター達が混乱の声を上げ始めた。

「いいだろう！　貴方達の勇気を僕に証明してくれ！　数多の戦場を駆け巡った古代の英雄、女神(フィアナ)のように!!」

激上する士気にフィンは会心の笑みを浮かべ、鼓舞を続行しながら自らも掃討(そうとう)を開始する。

自分達を焚(た)き付けようとする少年の意図を理解した者は、笑みさえ浮かべ、巻き起こる鯨波(げいは)

の中に加わった。

戦意と決意は伝播する。

大広場に居合わせなかった村人達は、奮い立つ衛兵や傭兵達の喊声を聞き、一人、また一人と雄叫びを上げて走り出した。戦う術を持たない一般人が団結し、鍬や棒をもってモンスターに立ち向かう。

少年の声に当てられ、誰もが勇敢な戦士となり、戦列に加わった。

「小人族の武器は『勇気』、か……なるほど、すごい種族やん」

言葉を失うメリサの隣で、ロキは戦場の中心で戦い続けるフィンに目を細める。

『鼓舞』だけでは足りなかった。

モンスター達を一瞬で蹴散らした『武勇』を示すことで人々に希望を示し、フィンは自らを『戦場の旗頭』に変えたのだ。小人族の『小ささ』を利用することといい、全てが全て計算しつくされている。

彼が振りかざすソレは『人工』であり、『天然』ではないかもしれない。

しかしソレがどれだけ計算的だったとしても、その一族の『勇気』は決して偽りではない。

小さき身に似合わぬ、大き過ぎる野望と偉大な覚悟を背負う少年の勇姿に、ロキは掛け値なしの称賛を送った。

「――う、うぁああああああああああああ⁉」

その時だった。

モンスター達の攻勢を押し返そうとした人々の勇気を、あざ笑うように、鼓膜を揺らす衝撃が炸裂(さくれつ)したのは。

「あ、あれは……！」

舞い上がる砂煙の奥、浮かび上がるのは、圧倒的な巨軀(きょく)だった。

巨大で、あまりにもおどろおどろしい『肉の塊』。

青い蛞蝓(ナメクジ)を彷彿させる腹足(ふくそく)をもって張って進む姿は醜怪に過ぎた。

『肉の塊』の上に乗るのは、かろうじて『女体』と見て取れる、両腕(りょうわん)有する上半身だ。

巨人の臓器から生まれ落ちたような巨大なモンスターに、フィンは目を見張った。

「あ、あいつは、まさか……『アイレン』……⁉」

悲鳴にも似た傭兵の声が散ると同時、『アイレン』は雄叫びを上げた。

大型級(オーク)より更に巨大な六M(メドル)はある体軀(たいく)を揺り動かし、その巨木のごとき腕を、薙いだ。

『アアアアアアアアアアアアアアアアアアアアアアッ‼』

「ぐぁあああああああああああああああ⁉」

衛兵と傭兵達をまとめて殴り飛ばす。

それだけにとどまらず、振り回す両腕をもって家屋という家屋を破壊するその光景は暴風そのものだった。おまけに火炎の息吹をまき散らし、人々の勇気をあっという間に恐怖へと反転させる。

「っ!!」

モンスターの群れを一人殲滅していたフィンは、弾かれたように振り向いた。

山から目視した巨影に間違いない。

あの超大型級にも届く怪物が、山のモンスターの動きを活発化させて、獲物が無数にいる人里に攻め寄ったのである。

「傭兵達、下がれ！」

フィンはすかさず、疾走した。

怪物の親玉に相応しい『アイレン』を食い止めんと、戦場を横断して飛びかかったが、

『ルィアアアアア!!』

「ぐっっ!?」

煩わしい蠅を振り払うように、頭部から伸びる触手の髪がフィンを、瓦礫の山へと吹き飛ばす。

「フィン!?」

勢いよく叩きつけられる少年の姿に、メリサが悲痛な声を上げる。

旗頭であるフィンの劣勢を見て、村人達の士気も陰りを見せた。

せっかくの反撃の勢いが衰え、再び怪物達に押され始めていく。

「っ……！」

頭から血を流しながら起き上がるフィンは、こちらを睥睨（へいげい）する『アイレン』を見上げる。

地上のモンスターに相応しからぬ潜在能力（ポテンシャル）。

間違いない、『強化種』だ。

モンスターの死骸を放置することで招いてしまう危険の最たる例が、これだ。

恐らくこの『アイレン』は多くの同族（モンスター）を喰い殺し、『魔石』を摂取することで、種族ばらばらの群れを率いるまでの長（おさ）となったのである。

たった一撃だというのに、凄まじい損傷（ダメージ）。

手が震える。

体に力が入らない。

親指が、これまでにないほどの疼きを上げている。

目の前の異形は、以前のフィンならば撤退しなければならない怪物だった。

それほどまでに、山のモンスターを率いる『アイレン』は図抜けている。【ステイタス】を授かったばかりのフィンがいくら知恵を絞っても徒労に終わるだろう。

百の知識とは、愚かな暴力にあっさりと蹴散らされてしまう。

フィンが両親を喪（うしな）った、あの故郷の村と同じように。

「──ふざけるな。あの過ちは二度と犯さない」

だが、今のフィンには『勝利の算段』があった。

ロキの言葉を借りるならフィンはそう、目覚めているのだ。

自分自身の力に。

己の中に眠る槍――『魔法』が、今か今かと解放の時を待っている。

「……凶暴なモノを飼っていた、か。当たりだよ、ロキ」

頭から流れる赤い雫（しずく）を荒々しく拭い、震える二本の脚で、フィンは立ち上がる。

「僕は父さん達を死なせてしまったあの時から……いや生まれてきたその時から、理不尽を押し付けてくる世界に対し、暴れ狂いたい衝動を持っていた」

他者に決して打ち明けることのない独白が、風の中に消えてゆく。

死に体のくせに、自分を見上げて睨みつけてくる小人に、『アイレン』は胸郭（きょうかく）を膨（ふく）らませ、不気味な『歌声』を打ち上げた。歌人鳥（セイレーン）や人魚（マーメイド）のそれにも似た『精神汚染』。不快感を伴う粘ついた『眠気』を喚起する歌声に、村人達が耳を押さえ、吐き気を堪えながら膝を地面に落としていく中、フィンだけは怪物と対峙（たいじ）した。

発現している【勇猛勇心（スキル）】が化物の歌声を高抵抗（レジスト）する。

常に理知の光を湛（たた）えていた碧眼が、獰猛な感情を剝き出しにする。

既に詠唱式（トリガー）は神（ロキ）の口から伝えられている。

ならばもう、口ずさむだけ。

自分の歌声に酔わない小癪な獲物に、怒りの雄叫びを上げて驀進してくる『アイレン』を見据えながら、フィンは呪文を唱えた。

「【魔槍よ、血を捧げし我が額を穿て】」

淡々とした宣言。

たった僅かな短文詠唱。

絶討を誓う、揺るぎない『殺意』。

紅の魔力光が集う左手──槍に見立てた人差し指を額に押し当てる。

魔力光が体内に吸い込まれるのと同時。

その真紅の激情に意識が呑み込まれる、寸前。

フィンは、その魔法名を告げた。

「【ヘル・フィネガス】」

放たれたのは、魔物の歌声など意味をなさないほどの、凄絶な咆哮だった。

はっきりと意識が戻った時。

フィンは、赤い世界に立っていた。

「…………」

己の体を染めている鮮血は、全て返り血だった。

視界に広がるのは、無残にも八つ裂きにされた肉塊（アイレン）と、数多（あまた）の怪物の死骸であった。

瓦礫が散乱する戦場の中であらゆるモンスターが息絶え、あれほど響き渡っていた凶暴な吠声は村から姿を消している。

朧（おぼろ）げながら、覚えている。

自分が怪物よりも凶悪な叫喚を解き放ち、『アイレン』を含めたモンスターどもを虐殺したことを。

槍で貫いた。

石突きで砕（くだ）いた。

その小さな拳で破壊した。

瞳を鮮血のごとき紅に染め、殺戮（さつりく）の限りをつくした。

愛槍はフィンの本性の力に耐え切れず、穂先を失い、折れ曲がっていた。

「あれが、フィンの『魔法』か……」

朱色の目を薄らと開き、一部始終を見守っていたロキの呟きが、風にさらわれていく。

あれほど混乱に陥っていた『プレブリカの村』は静まり返っていた。

村人や衛兵、傭兵達は、呆然とした眼差しをフィンにそそいでいる。あるいはそれは、モンスターに向けていた以上の恐怖だった。

凶猛の魔槍（ヘル・フィネガス）。

戦意高揚の『魔法』。

その効果は限界を超えた全能力（ステイタス）の大幅の引き上げ。

だが燃（も）え滾（たぎ）る好戦欲と引き換えに、まともな判断力を失った『凶戦士』を生んでしまう。

真紅の光が消えた碧眼で恐れおののく村人達を見回すフィンは、無言で踵（きびす）を返した。

数多の視線を浴びながら、大広場の出口へ向かう。

そして、その先に立っていたのは、同族の少女だった。

「メリサ……」

「…………フィ、ン」

視線を交わすフィンは無意識のうちに、そっと手を伸ばした。

メリサはそれに対し、ざっと音を立てて——恐れるように一歩、後ずさった。

「……」

「ぁ……！」

自分が今、何をしてしまったのか。

口を噤むフィンの顔を見て、少女は気付いた。

身を乗り出し、泣き出しそうな顔を浮かべる。

「ちっ、ちがうのっ……」

「……」

「わ、わたしっ、フィンのことっ……！」

「……」

「でもっ……だけどっ……！」

必死に弁明しようとするものの、少女の体は震えていた。

血まみれのフィンを見て、自分でも何が怖いのか、何が悲しいのかわかっていないように、その瞳に涙を溜めていた。

「…………」

フィンは、うっすらと笑った。

儚く、寂しそうに。

目を見開くメリサの真横を通り過ぎ、言葉もなく別離の時を交わす。

フィンが小人族の伴侶に求めるもの。

それもまた——『勇気』。

残念ながら、奮い立つことができず、野望の戦士を受け止めきれないメリサは『資格』を持ち合わせていなかった。

それはフィンの『初恋』が散ったことも意味する。

何より——彼女を怖がらせる自分がこれ以上側にいてはいけないと、そう思った。

「ぁ……待ってて、フィン！」

一族の再興という使命を優先し、小人族の少年はあっさりと己の初恋に見切りをつける。

涙ながら呼び止めようとする同族の少女に、彼はもう振り向かない。

ただ、切なさを隠すその横顔は、『フィン』と名乗る少年が初めて浮かべる、年相応の表情だった。

「フィン」

広場を後にし、左右に退いて道を開ける村人達の前を横切っていくと。

ただ一柱、先回りしてフィンを待っていたロキが、通りの真ん中に立っていた。

間もなく、両腕を広げる。

「うちの胸、貸したるで？」

「……」

「さぁ、泣くんや！」

無駄にイケメンの笑みを湛えて「ばっちコイ！」と構えるロキ。

流れる無言の風。

感傷なんてものも忘却し、乾いた眼差しを送る小人族(パルゥム)。

小さく息をついたフィンは、すたすたと横を通り過ぎた。

ありゃ、とロキは思いきりずっこけかける。

「なんや〜。せっかく失恋ボーイを慰(なぐ)めてやろうと思ったのに〜」

「ありがたいけど、遠慮させてもらうよ」

生憎(あいにく)、涙はもう枯れている。

少年はそう言葉をこぼす。

だが不意に……フィンは立ち止まって振り返り、唇を曲げた。

「でも、ありがとう、ロキ。未練を引きずらずに済みそうだ」

ちょっぴり救われた、と。

そう言って笑いかける小人族(パルゥム)の少年に、ロキも笑い返す。

勇者の理解者は、皮肉にも、神がただ一柱(ひとり)。

だが、たった一柱(ひとり)だけでも、少年は彼女のおかげで孤独(ひとり)ではなかった。

彼と彼女はもう【ファミリア】なのだから。

「…………」

こちらを見つめる小人族（パルゥム）の少女と村人達を一瞥（いちべつ）した後、少年は歩み出した。神もその隣に並んだ。

神と眷族は去っていく。

それを止める者は誰もいない。

破壊を逃れた一基の風車が、音を立てて回っていた。

「で、これからどうする？　カッコつけて出ていってしもうたけど」

「このまま別の村、あるいは町へ向かおう。村（プレブリカ）の復興（ふっこう）は手伝うべきなんだろうけど、今の僕がいると邪魔になるだろう」

村が十分に遠ざかったところで、フィンはロキに答える。

自分が恐怖の対象だと客観的に述べながら、小人族（パルゥム）の少年は既に切り替えていた。

まったくもって可愛げのない、そんな眷族にロキは笑みを漏らし、整備されている村道と平原の海を見渡す。

「よっしゃ。うちは荷物なんて最初からないし、いざ次の冒険の舞台へ！　やな！　くぅ～、こういう旅のノリ、うちってばずっと憧れとったんやぁ！」

「本当に、神っていうのは何でも楽しそうでいいね」

「ぬふふっ、神生もとい人生楽しまなきゃ損やで、フィン！」

ばしばし！　と小さな肩を叩き、女神はうーんと伸びをして、山稜に向かって吠える。

「さぁ、可愛い娘ちゃんを探す派閥の旅に出発や！　待っとれ、エルフや獣人っ、ドワーフやアマゾネスの美少女達ぃ〜！」

「君の趣味に口を出すつもりはないけど……やれやれ、前途多難かな、これは」

女神と小人の少年が肩を並べて歩いていく。

ささやかな出会いがあった村に感謝と別れを告げ、新天地を目指す。

遥か未来、迷宮都市へと続く長い旅路が——今はまだたった二人の【ロキ・ファミリア】の旅が、始まるのだった。

二章

ハイエルフの旅立ち

Гэта казка іншага сям'і.

Ад'езд каралеўскіх эльфаў

「もうこりごりだ！」

そのエルフは、叫んだ。

広すぎる己の自室で、はしたなく、大声で怒鳴り散らした。

「リ、リヴェリア様っ！　そのように叫ばれては王に咎められてしまいます！」

「どうして私は自分の部屋で好きに叫ぶこともできない！　何度だって言ってやるぞ、アイナ！　私はこんな鳥籠のような生活、もううんざりだ！」

踊るように跳ねる宝石のごとき翡翠色の長髪。

比喩抜きで女神にも勝る美貌は、今は盛大に歪められていた。

ヒューマンや獣人の尺度で外見を判断するなら、妙齢の女性。

しかし癇癪を起こす子供のように喚く様から、十六、十七程度の小娘にも見えてしまう、絶世の美女であった。

「なぜ外の世界に興味を抱くことすら許されない！　籠の鳥が空を恋しく思わないと、本気で考えているのか！」

そんな振る舞いの中でも、類まれなる品の良さが滲み出ているのは、ひとえに彼女の生まれに起因していた。

リヴェリア・リヨス・アールヴ。

妖精の『始祖』を意味する『アールヴ』の名の通り、誇り高き王族『ハイエルフ』の王女である。

ここは『アルヴの王森』。

大陸の遥か西方に連なる霊峰『アルヴ山脈』と並んでエルフの聖地と称されており、王族の里でもある。巨大な聖王樹がそびえる森の中心地に木々の城下町が広がる、妖精の楽園だ。

その中でも白聖石で築き上げられた王城は聖王樹の根元に悠然とそびえており、王女の自室は城の中でも最上階に近い場所にあった。

「あの言い草を聞いたか！　『もっと慎みを持て』だと？　私は父上の人形ではない！」

「リヴェリア様、どうか、どうかお怒りをお鎮めになってください……！」

リヴェリアが激怒しているのは数刻前の出来事だった。

実の父、つまり正真正銘一族の頂点であるラーファル王に玉座の間に呼び出され、王女に相応しくない行いを咎められたのである。

その内容とは、外の世界に興味を持っていること。

里を出入りする王族お抱えの行商から、外界の品々をこっそり買い取っていることがバレたのだ。

「『外の世界は汚らわしい』？　『蛮族どもが跋扈する辺境の地』？　森から一歩も出たことのない父上がどうしてそんなことを言える！」

リヴェリアは俗に言う『お転婆な王女』だった。部屋で詩集を読むより弓を持って狩りに行くことを好み、聖王樹に祈りを捧げるより外から巡礼に来る下々の同胞達と交流することを望んだ。それは王族としての振る舞いを強要されている反動とも言えた。

リヴェリアは生を受けてから、ずっと窮屈な思いを味わい続けている。

王族としての礼節を課せられるのはまだいい。高貴な身分に生まれた務めだと思っているし、理解もしているつもりだ。だが同胞達の過度に謙った態度には辟易しているし、何より父王が強いる檻の中のような生活には不満が溜まりに溜まっていた。

下界の住人の父と言える超越存在、『神々』が次々と降臨している今、王族としての責務など実質形骸化している。だというのに、里から一歩も出ようとせず、世界に比べれば本当にちっぽけな共同体の格式だけを重んじて、いったい何になるというのか。

——『神時代』を迎えている今、どうして我々は森の奥深くに引きこもっている？

リヴェリアが胸に秘めている衝動という名の疑問は、日に日に大きくなっていた。

「知らぬものをくだらぬと言って一蹴する。それこそ父上が嫌う無知蒙昧ではないか……！」

何より、宝物であった下界の世界地図。

それを破り捨てられたことが決定打であった。

潤んだリヴェリアの瞳の先、大きな寝台の上には持って帰ってきた地図の残骸が散らかっている。

この世に生を受け七十一年。

この時、とうとう王女（リヴェリア）の堪忍袋の緒は切れたのだ。

「私は里を出るぞ、アイナ！」

「え、えええぇ～～～～～～!?」

たった一人心を許している己の従者、エルフのアイナが悲鳴を上げる。

その日、ハイエルフの里に――いや世界中のエルフに激震が駆け抜ける、驚天動地（きょうてんどうち）の出来事が約束された。

◆

「エルフの王女様ってのは、そりゃもう深窓（しんそう）の姫君と言わんばかりに物静かで、ちょっと悪戯（いたずら）するだけで顔を赤らめるくらい初心（ウブ）で、激可愛（ゲキカワ）なんやろうなぁ……」

とあるハイエルフの王女が決意した同時刻。

遥（はる）か彼方の酒場で、ロキはうっとりとそんなことを口にしていた。

「ちゅうわけで、やっぱりエルフやろぉ!!」

「何がそういうわけなのかは理解できないけど……次の団員はエルフがいい、ということでいいのかな？」

空（から）にした杯（さかずき）を勢いよく卓に叩きつけるロキに、フィンは蜂蜜酒（はちみつしゅ）を口にしながら聞き返す。

今、フィン達がいるのは大陸中央、その南西に位置する『カルーナ』と呼ばれる宿場町だった。無数の宿場がところ狭しと連なる、南北に細長い町である。

二人が出会った『プレブリカの村』を出て、既に十日。

旅の中で立ち寄った町の酒場で、一杯あげているところだった。

「ロキ……ハイエルフはそう簡単に見つからないし、そもそも人里を歩くような人種じゃないよ？」

「そや！　エルフゆうてもただのエルフやないで！　狙うんは妖精ちゃん達の中でも高貴の高貴、ハイエルフや！」

「この町からならハイエルフの里、行けなくはないんやろー？　森の近くを通りかかる辻馬車があるって聞いたでー」

「……最近やたらと商人達と話し込んでいると思ったら……」

たっぷり呆れた後、苦笑を浮かべるフィンに、ロキは「グフフ」と下品な笑みを漏らす。

お調子者の神は、次に迎えたい団員の標的をちゃっかり絞り込んでいたらしい。

「貴方の趣味に口を出す気はないと言ったけど……ロキ、王族は流石に諦めた方がいい」

「いーやぁーやぁ！　ハイエルフの森いきたーい！　ごっつう美人で『ロキ様ぁん』とか言ってくれるスーパー王女様ゲッチュしたーい!!」

「エルフの王女は間違ってもそんなことしないよ、ロキ……」

卓上に上半身を投げてじたばたするロキに、ただ一人の眷族は溜息交じりに言う。

それは旅の中で彼女がどのような神物なのか熟知したかのような嘆息だった。

客で賑わう夜の酒場で注目を集める中、フィンは鎧戸の外で行き交う旅人や馬車の往来を横目に眺め、語り出した。

「気難しい者が多いとされるエルフだけど、王族はそれに輪をかけて誇り高い」

諭すようにフィンが聞かせるのは、天界に暮らしていた神では精通していないだろう、下界でのハイエルフの『文化』についてだった。

神々の降臨により他種族間の交流がより活発になっているこの『神時代』、未だに森の奥深くに閉じこもる一部のエルフの中でも、王族の里は最も閉鎖的と言われている。

その根幹にあるのは選民主義。

見目麗しい自分達を称え、他種族の者を醜い、下賤などと言って蔑む心だ。

広大な王森に立ち入る他種族の者は徹底的に排除されており、通行を許可されているのは何と『古代』から付き合いのあるお抱えの行商など、ごく僅かな者だけ。迂闊に近付く者がいればハイエルフの『魔法』が飛んでくる。神々さえ例外ではない。

「でもフィン、それってハイエルフは神々の『恩恵』を授かってないってことやろ？　ちょいと物騒やけど、強い【ファミリア】なら武力行使で無理矢理入るっちゅう手も……」

「エルフほど同族意識が高い種族はいないよ。迂闊な真似をすれば『国際問題』に発展しかねない。このご時世でそんな言葉、笑ってしまうけど……決して冗談じゃないんだ」

侵入者を許さない徹底振りは、【ファミリア】不在という戦力の観点からすれば容易（たやす）く攻め落とせそうなものだが、もし王族（ハイエルフ）の里に何かあった時、世界中のエルフが黙っていない。いかなる所属も越えて比喩抜きで蜂起（ほうき）し、地の果てまで追いつめて咎人を罰しようとする世紀の大事件へと発展するだろう。

どんなに強大な国も、【ファミリア】も、『アルヴの王森（おうしん）』にだけは手を出せずにいるのはそこに理由があった。それほどまでに、王族（ハイエルフ）とは全てのエルフにとって尊崇（そんすう）の対象なのである。

娯楽好きで尊厳の欠片（かけら）もない——降臨前の人類の信仰や価値観をブチ壊しにした——本物の神々とは、比べるまでもないほどに。

「それにエルフ自体……仲間に加えるのはあまり気が進まないな」

「ん、なんや？　フィンはエルフが苦手なんか？」

「苦手、というより、向こうの反応がね。小人族（パルゥム）は他種族から見下されがちで、中でもエルフは鼻持ちならないというか……いや全てのエルフがそうだとは僕も思っていないが……とにかく、頭の上で鼻を鳴らされてしまう光景が目に浮かぶんだ」

それはフィンが何度も経験してきたことでもあった。

エルフ達は『矮小（わいしょう）な』と言って小人族（パルゥム）を侮蔑する。

妖精の侮蔑は今に始まったことではないし、小人族（パルゥム）だけに限った話ではないのは理解しているが、どうにも無条件で不名誉な評価を貼られている節がある。

勇気を失ってしまった一族が、ただ小さい、と評されるのは、然もありなんではあるが。

「小人族を最初の眷族に迎えたということで、きっと貴方も蔑まれるよ、ロキ」

黄金の髪を揺らし、少年は肩を竦めてみせた。

フィンは小人族そのものを変えようとしている。だからエルフという種族に偏見も嫌悪も持つつもりはない。ただ、『順序』があるとも思う。少なくともエルフを勧誘するのは、もう少し仲間が増えてからでもいい。

賢く狡いフィンは、小人族以外の仲間がいることでエルフの難しい自尊心も和らぎ、入団しやすくなるだろうと踏んでいる。

稀少な魔法種族はいてくれたら大いに助かるが、現状では決して必須ではない。

フィンは自分の考えを包み隠さずロキに話した。

「なるほどなぁ～」

「納得してもらえたかな？」

「んじゃあ、ハイエルフの里に行ってみるか！」

「僕の話を聞いていてくれたかい……？」

しかしロキは満面の笑みで、話を堂々巡りさせる。

というより、美女・美少女に対する執念がちっとも揺らがない。口もとに麦酒の泡をつけるその笑みを見て、彼女の神意は翻(ひるがえ)らないことをフィンは悟った。

もう一度溜息をつき、唇を曲げる。

「わかったよ……明日の朝、ここを発って『アルヴの王森(おうしん)』へ向かおう。お目当ての人材が勧誘できなくても、文句を言わないでくれよ？」

「いやっふー！　もうフィン大好きー！　小人族(パルゥム)めっちゃチョロいわーフヒヒッ！」

「本音が漏れているよ、ロキ」

苦笑して指摘してやると「あ、ウソウソじょうだーん！」とロキは取り繕う。

ともあれ主神の我儘(わがまま)で、二人だけの【ロキ・ファミリア】は『アルヴの王森(おうしん)』を目指すことを決めたのであった。

◆

日が沈み、夜が訪(おとず)れると、『アルヴの王森』は幻想的な風景を広げる。

葉々の隙間を縫って降りそそぐ月の光が聖樹の枝や幹に反射して、まさに妖精の翅(はね)が舞うかのような、青白い光の森へと変貌するのだ。

「アイナ……本当に付いてくるのか？」

蒼然(そうぜん)とした森の中、人目を忍んで厩舎(きゅうしゃ)から出てきたリヴェリアは手綱(たづな)を引く。

付いてくるのは王族の里でも一頭しか飼っていない、調教済みの一角獣だ。

顔を寄せてくる聖獣をあやしながら、リヴェリアは隣で白馬を従える侍従に問いかける。

「はい、リヴェリア様。私は貴方とともに行きます」

王女には劣るとはいえ十分に顔立ちが整ったエルフの美女は頷き、その結わえた翡翠の髪を揺らす。生来の穏和さと優しさが、浮かべている笑みに滲み出ていた。

彼女の名はアイナ・リンドール。始祖を名乗ることを許されていないとはいえ、リヴェリアと同じ先祖の血を引く傍系であり、彼女専属の侍従である。

子供の頃から、ずっとともにいる幼馴染でもあった。

リヴェリアが里を出ると決意した三日後の夜。お転婆な王女をずっと引き止めていたアイナは、主の意志が固いことを知ると、ともに里を出ると申し出たのだ。

「私は父母を喪った天涯孤独の身。里を飛び出しても、思い残すことはありません」

「しかし……」

「それにリヴェリア様は、私がいないと身の周りのことは何もできないでしょうし……」

「た、多少はできるっ。馬鹿にするなっ」

年は同じなのだが、時折アイナは妹の世話を焼く姉のような顔を浮かべる。リヴェリアはその度に口を尖らせるのだが、王族を敬う従者でいるアイナより、今の彼女の方が好きだった。

同世代の少女として笑いながら戯れていた、幼かったあの頃のように。

王族にしか伝わっていない秘密の抜け穴を用い、王都の外れに出る。

かすかに発光する聖王樹に照らされた都（みやこ）を眺（なが）めながら、今ならまだ間に合うぞ、という視線をアイナに向けると、

「『いつか外の世界を見にいこう』……幼少の頃の約束、まだ私は覚えています」

「アイナ……」

「私が忠誠を誓っているのは確かに偉大なる王族……けれど、この心を真に捧（ささ）げているのは、リヴェリア様、貴方です」

リヴェリアは生まれてこの方、今ほど喜びの感情を味わったことはなかった。

鳥籠の生活にいつも不満を持っていた自分に誇れるものがあるとすれば、この知己（ちき）の存在だと胸を張って言える。

頬を染め微笑みかけるアイナに、リヴェリアは同じものを返した。

「わかった。行こう！」

一角獣（ユニコーン）と白馬にまたがり、リヴェリア達はずっと暮らしていた妖精の都（みやこ）に背を向けた。

二人並んで、蒼然と輝く夜の森を走り出す。

「他のエルフに出くわすわけにはいかない。獣道になるが、そちらを使うぞ！」

「はい！」

一国の王都の規模を遥かに凌（しの）ぐ広大な『アルヴの王森（おうしん）』はまさに樹海（じゅかい）と呼ぶに相応しいが、

何度も狩りに出かけていたリヴェリアにとっては『庭』と同義だ。それは夜の森であっても変わらない。訓練されている一角獣(ユニコーン)は木の根に足を取られることなく、まるで舞うように走っていく。遠出に散々付き合わされてきたアイナも易々(やすやす)と白馬を乗りこなし、随伴(ずいはん)してくる。お抱(かか)えの商人や兵達が使う正規の道を避け、大森林の北方を目指した。

（弓矢は勿論、杖も持ち出してきた。モンスターの類は心配していないが……）

嘆かわしいことだが、エルフの聖地であるこの『アルヴの王森(おうしん)』にも怪物(モンスター)は棲息(せいそく)している。

リヴェリアは背に備える短弓と王族専用の杖の感触をそっと確かめた。

どちらかと言えば、これらの装備は森を出た後のための自衛用の武器だ。

この箱庭の外には、野盗もいれば不謹慎(ふきんしん)な【神々の眷族(ファミリア)】も存在する。外の世界が美しいだけではないことをリヴェリアは重々承知だった。彼女は何も知らない王女ではない。

（むしろ問題は、『アルヴの王森(おうしん)』を抜け出せるかどうか。盗み見た森の地図を覚えているものの、実際ここまで里を離れた経験はない……）

高さ五〇M(メドル)を易々と越そうかという樹木の群れ。静寂(せいじゃく)を纏(まと)う清冽(せいれつ)な泉。段々と見覚えのない景色が広がっていく。ここからはリヴェリアにとっても『未知』だ。

不安と恐怖、そして『知らないこと』に対する期待と興奮が鼓動を募(つの)らせる。

手綱を握る両の手に思わず力を込めていると――遙か後方、鳥が一斉に飛び立つほどの喧騒(けんそう)が木霊(こだま)した。

「気付いたか……！」

リヴェリアの脱走が知れ渡ったのだ。

王城が天地を引っくり返したような騒ぎに包まれているのが、手に取るようにわかる。

そしてすかさず響き渡ってきた、いくつもの馬蹄（ばてい）の音。

騎乗したエルフの騎士だ。

一角獣（ユニコーン）達の足跡を辿られればすぐに追いつかれる。リヴェリアは叫んだ。

「飛ばせ、アイナ！」

「は、はいっ！」

一層の加速を纏い、リヴェリア達は夜の森を駆け抜ける。

＊

「うおおーっ、来たでハイエルフの森ー！　待っとれよ可愛いエルフたーん！」

宿場町（カルーナ）から馬車を乗り継ぎ、近辺の街から歩くこと約一日。

三日間の道程をかけてフィンとロキは『アルヴの王森（おうしん）』を目前にした。

視線の先で口を開けている大森林は、今いる平原からではとてもではないが全容を計り知ることなどできない。俄然（がぜん）興奮するロキの隣で、作り直した長槍（ちょうそう）を持つフィンは困った声を出す。

「ンー、しかしどうしようかな。迂闊に侵入したらエルフ達に捕まるのは目に見えているし」

「そぉーい、フィン！　切れる小人族を自称しとるくせに、作戦の一つも考えてこんかったんかー！」

「どうしようもない状況を理解して、貴方が諦めることを期待していたんだよ、ロキ」

もはや慣れたようにロキとのやり取りを交わしながら、「あと自称したことは一度もないよ」と付け加える。

「正面にはでっかい森の入り口があるみたいやけど……門番みたいのがおるなぁ」

「ああ、エルフの守り人達だ。同族か、あるいはごく僅かの王族の許しを受けた者しか通してくれないよ。よしんば入り口を通れたとしても、先は樹海の迷路になっていて、案内がなければ里に辿り着くことは不可能だと言われてる」

まだ距離がある森の入り口前、狩人の装束を纏った複数のエルフが衛兵さながら陣取っている。既に『恩恵』を得ているフィンならば負けはしないだろうが、余計な衝突は避けるべきだ。そもそも土地勘のある者を頼らなければ、たとえ別の方面から森へ侵入したところで、結局里には辿り着けない。

正直、ハイエルフとの揉め事など真っ平ごめんだと考えているフィンは、『アルブの王森』そのものは見れたことだし、もう引き上げてもいい。そう思ってさえいたが――。

「……フィン、あれ」

「ん……？　エルフ達が……？」

ふと真面目な顔になって指差すロキに導かれ、視線を向けると、入り口にいる守り人達がにわかに騒然（そうぜん）としていた。

緊急の事態が起こったのだと、ここからでもわかるほどの慌てぶりで、なんと全員が森の中へと入っていってしまう。

「……な～んかあったみたいやなぁ」

それを見て、ロキが盛大な邪笑を浮かべる。

「なぁフィ～ン……あれに付いていけば、面白いことに出くわせるんとちゃう？　それこそ森の中に住んどるハイエルフ絡（がら）みの」

「……まったく、貴方といると本当に退屈しなくて済むよ」

にんまりと笑うロキに、フィンは溜息交じりの皮肉を挟み、脱力した笑みを作る。

水を得た魚のように「よっしゃ、ゴーやぁ!!」と活き活きし出すロキに率（ひき）いられ、フィンはエルフの守り人達を追跡するのだった。

◆

「リヴェリア様、お戻りください！　ご自身が今、何をしておられるのかわかっているのですか！」

既に視認できるほどに迫ったエルフの一団の中で、騎士長が叫ぶ。

それに対するリヴェリアの答えは、加速する一角獣（ユニコーン）の馬蹄の音のみだった。

「くっ……詠唱（えいしょう）を始めろ！　風の『魔法』だ！　馬を狙（ねら）え！」

騎士長の指示によって、馬を駆るエルフ達が呪文を唱え始める。

それは魔法種族（マジックユーザー）のみに許された先天系の『魔法』である。度重なる修行と儀式、『古代』より体系化されてきた長文詠唱によって、エルフを始めとした魔法種族（マジックユーザー）は『恩恵』なしで『魔法』の行使が可能である。

更に『アルヴの王森（おうしん）』の騎士（エルフ）達の戦闘型（バトルスタイル）は、『馬上詠唱』。

追跡や回避を含めた運動を馬に任せ、自らは『魔法』という砲弾を繰り出す。

熟練（じゅくれん）の魔導士でなくとも擬似的な『並行詠唱』を成立させる戦術だ。

「【契約に応えよ、森羅の風よ。我が命に従い敵対者を薙（な）げ】！」

「っ……【契約に応えよ、大地の焔（ほむら）よ。我が命に従い暴力を焼き払え】！」

後方より一斉に詠唱を始める騎士達に、リヴェリアも杖を抜いて呪文を始めた。

互いに十二小節以上もの呪文を必要とする詠唱文。しかし王族（ハイエルフ）随一（ずいいち）の才能を持ち、狩りを繰り返すことで馬上詠唱も身に付けているリヴェリアは、後手でありながら騎士達より遥かに速い詠唱をもって『魔法』を完成させた。

「【ゲイル・ブラスト】！」

「【フレア・バーン】！」

騎士達が選択したのは王女を傷付けることを恐れての風の魔法。

リヴェリアが用いたのは炎の魔法。

が、
木々の隙間を縫って迫りくる幾重もの風は、炎撃の熱波によって逸れていった。

「きゃあああああ⁉」

「アイナ⁉」

直撃は妨げられたものの、踊り狂った風はアイナの白馬の脚をさらった。

勢いよく転倒し、彼女の体が地面の上に投げ出される。

立て続けに、虚を突かれたリヴェリアの一角獣にも、一本の矢が突き刺さる。

「ぐっっ⁉」

甲高い聖獣の嘶き声とともにリヴェリアも樹木に叩きつけられる。

激痛を堪えて顔を上げると、騎士達が周囲を包囲するところであった。

「侍従ごときが、リヴェリア様をかどわかしおって……恥を知れぇええ！」

「うあっ⁉」

「やめろ！」

怒り狂う騎士の一人がアイナのもとに歩み寄り、容赦なく槍の柄で殴打した。

打ち据えられる友を半ば抱き着くように庇い、鋭い瞳で騎士達を見上げる。

「里を飛び出したのは私の意志だ！　何故アイナに手を出す！」

「この者が手引きしたから貴方様は王城から抜け出すことができた。違いますか？」

否定はしない。アイナが手を貸してくれたことで誰にも怪しまれず、厩舎まで辿り着けたのは事実だ。だが、リヴェリアに責を問わないのは間違っている。

反抗しながらリヴェリアは視線を素早く走らせた。

一角獣は矢で射抜かれ、白馬も前脚が折れている。

逃げるための足はもうない。

「御身に危害は加えません。ですがこの者は、里に連れ帰って極刑にかけます」

「なっ……!?」

「王からは多少手荒になっても構わない……そう仰せつかっております」

──『灸を据える必要がある』。

言葉を失うリヴェリアは、ここにはいない実父の王の声を耳にして、手を握り締めた。

それと同時に、胸の中でアイナが青ざめたのもわかった。

「これが、貴方様の目を覚ます方法です。汚れた外の世界への迷妄……くだらぬ憧れなど、捨て去りなさい」

平坦な声で淡々と告げるエルフの騎士長は、その眉目秀麗(びもくしゅうれい)な相貌(そうぼう)もあって、まるで人形が喋りかけているかのようだった。

——ああ、この無機質な目。

いつもそうだった。

自分を檻に閉じ込める者達の眼差し(まなざ)は、こんな玻璃(はり)のような色をしていた。

『未知』に触れようとせず。

『未知』を知ろうとせず。

『冒険』をすることもなく。

それこそ、植物のように漫然(まんぜん)と時を重ねるだけで——。

日々の中でいつも抱いていた鬱憤(うっぷん)が、嫌悪感が、怒りが、リヴェリアの胸をかき乱す。

「リヴェリア様、構いません。私のことはっ——」

かき抱いた。

恐怖を押し殺し、気丈に振る舞うアイナの震える声を、頭を抱き寄せ、胸に押しつけることで遮(さえぎ)った。

「——私は！」

そして、あらん限りの声で叫んでいた。

「私はお前達が嫌いだ！　慣習に囚(とら)われ、何も変わらない日々を無為(むい)に過ごし、未来を求めようとしないお前達が！」

この怒りは——里を出ようとするこの渇望は、ただの世間知らずの王女の我儘なのかもしれない。

他者に迷惑を押しつける振る舞いでしかないのかもしれない。

だがリヴェリアは我慢ならなかった。

感動もせず、胸を打ち震わすこともなく、植物と同じように枯れる時を待つ一生など。

同時に確信もしている。

新たな時代に取り残されれば、迎えるのは終焉だ。

この大いなる森に蔓延する因習は、いつか王族なんてものを殺すだろう。

檻に閉じ込められ、空に羽ばたけない妖精の生涯など、いったい何の価値がある？

彼の英雄譚にも名を連ねる『エルフの聖女セルディア』のように——何故まだ見ぬ世界を目指さない！

「私はあの里が——大っ嫌いだ!!」

目尻に涙を溜め、胸の内に秘めていた思いを吐露した。

彼女の怒りと嘆きを、深緑の森が受け止め、押し黙る。

静謐な夜は、その叫びに何も答えようとはしなかった。

「……リヴェリア様はご乱心であられる」

壮年の騎士長は冷たい眼差しのまま、口を開いた。

王女の脱走を聞きつけ、持ち場を離れて駆け付けたエルフ達が続々と周囲から現れる中、指示を下す。

「連れていけ。そちらの侍従は捕えろ」

包囲の輪を狭め、妖精達が手を伸ばす光景を前に、リヴェリアは抱き締めたアイナとともに目を瞑った──

「──やれやれ」

その時。

鋭い風切り音。

鎧を蹴りつける音。

最後にエルフ達の悲鳴が響き渡った。

「ハイエルフの政治なんかに、間違っても関わりたくはなかったんだけど」

その声に、リヴェリアは目を開けた。

そして、驚倒(きょうとう)した。

いつ現れたのか、長い得物を持った子供のごとき槍使い(ランサー)が、エルフ達を吹き飛ばしていたからだ。

「な、何故ここに小人族(パルゥム)がいる!?」

「そこにいる守り人達の後をつけさせてもらった。まぁ、勝手に森に入ったことは謝るよ」

動揺する騎士長の怒号に、小人族の少年は場違いなまでに落ち着いた声を返す。

『持ち場を離れて駆け付けたエルフ達』――守り人達はうろたえた。追跡されていたことに気付かなかった彼等を一睨みする騎士長は、しかしやはり、怒りの矛先を目の前の小人族へと戻す。

人形めいた美しい相貌が、今は醜く歪んでいた。

聖樹の枝で作られた剣を、手の中でミシミシと鳴らしながら、号令を下す。

「始末しろ!!」

下等な種族に土足で聖なる森を汚されたと憤るエルフ達の答えなど、決まりきっていた。

剝き出しになる数多の殺意が、たった一人の小人族を襲う。

「やっぱりこうなるか……」

少年が返すのは嘆息一つ。

引き抜かれた幾多の剣と、長槍が、瞬く間に剣戟を交わした。

「――!!」

巻き起こる激しい戦風に、リヴェリアは目を疑った。

四方から突き出される妖精の剣を、小人族は背中に瞳が付いているかのように避け、往なし、お返しの穂先を見舞う。乱戦の中で後衛の騎士が『魔法』を放とうとすれば、隠し持っていたのか礫（つぶて）を容赦なく投擲（とうてき）し、鈍い悲鳴とともに詠唱を中断させた。その動きは鮮烈と言わざるをえず、リヴェリアとアイナの素人目にも、彼が間違いようのない強者であるとわかった。

その小さな体軀（たいく）には、どれほどの戦闘経験が詰め込まれているのか。

小人族（パルゥム）とは、『勇気』を失った落ちぶれた種族ではなかったのか。

これが、『外の世界』なのか？

多数の騎士達を相手取るだけでなく、反撃で斬り伏せてしまう小人族（パルゥム）に、リヴェリアは衝撃を覚える。

「っ……！　お、お前っ、何故私達を助ける！」

目を奪われていた事実にリヴェリアははっとして、誤魔化すように叫び、問うていた。

「彼女に聞いてくれ。生憎（あいにく）、説明している余裕はない」

そんなリヴェリアに一瞥だけ返した小人族（パルゥム）——フィンは、襲いかかってくるエルフ達との戦闘を続行した。

——彼女？

リヴェリアが心の中で呟くと、草を踏み締める足音が鳴る。

「ほんま、これ以上ない、いいところに出くわしたな～」

背後を振り向けば、立っていたのは不謹慎な笑みを隠しもしない、朱髪の女性だった。

「……！　女神!!」

身に纏う『神威』を受け、直感するリヴェリアに、その神はじろじろと不躾で、興味深そうな目を向けた。

「生活に不満をもって里から飛び出してきた……そんなところか？　お転婆な王女様？」

「っ……⁉」

「そんで今は、自分に力がないことをめっちゃ悔いとる」

先程のリヴェリアの叫びを聞いていたのか、断片的な情報のみで言い当ててくる。

目の前に立つ神物――ロキは、リヴェリアを見下ろしながら、取り引きを持ちかけるように唇を吊り上げた。

「そこでや。うちの【ファミリア】に入らんか？　そうすれば、助けたるで？」

「なっ……⁉」

「ちゅうか、入ってもらわな困んねんやけど。フィンがいくら強いといっても、数が数やし」

リヴェリアとアイナが同時に驚愕する一方、ロキの言葉通り、フィンは劣勢に立たされつつあった。

モンスターのように息の根を止められれば話は早かったが――エルフの国際問題的な意味でも――まさか命を奪うわけにもいかない。用心して再起不能に陥れるも、敵の援軍は増え続け、完璧な多勢に無勢な状況が完成されつつある。

もとより、ロキ達という『お荷物』を庇う彼は最初から不利な立場にあった。エルフ達の雨あられの『魔法』を凌ぎながら、単身で戦況を拮抗状態に保っていることはむしろ驚嘆に値する。

そこで、ロキはこう言っているのだ。

自分の傘下に加わり、『お荷物』となることをやめないか？　と。

「貴様っ……私を脅す気か⁉」

「交渉って言ってほしいなぁ～。うちと契約すれば力も手に入るし、里に連れ戻されずに済む。この手を取っとかないと後悔するで～。……お友達、守りたいんやろ？」

激昂するリヴェリアに、ロキは飄々と答え、最後の言葉とともに笑みを深めた。

傷付いているアイナが、胸の中で震える。

リヴェリアの目には、目の前に立つ女が『悪魔』に映った。

うっすらと開いた朱色の瞳。

吊り上がっている唇。

眼前に差し出されている右手。

女神なんてとんでもない。

お伽噺に出てくる『悪魔の契約』とは、きっとこういうもののことだ。

屈辱が渦を巻く。

憤激によって頰が燃えているのがわかった。

長年かけて染みつけられてきた行儀や所作など忘れ去って、あらん限りに歯を食い縛る。

「――外の世界も、見せたる」

それと同時に。

抗いがたい衝動が、リヴェリアの右手に灯る。

「わ、私がっ、貴方の眷族になります！　だからリヴェリア様には……！」

「止めろ、アイナ！」

身を乗り出すアイナを押しとどめて、リヴェリアは大喝した。

「里を出ると決めたのは、私の意志だ！　私の決断だ！」

友に押しつけるわけにはいかない。

誰かに任せるわけにはいかない。

これは、リヴェリアが始めた『夢』だ。

出会ったばかりの、得体も知れない神と契約を結ぶ。それがどれだけ危険なことかわかっている。だがリヴェリアは、ここで己の『夢』が潰えることこそ恐れた。

目を見開くアイナ、そして笑みを消してこちらを見つめる神に向かって、吠える。

己の意志を――『まだ見ぬ世界』に焦がれる想いを。

「これは、私の旅立ちだ！」

次にはロキの手を取り、勢いよく立ち上がった。

「お前の眷族になる！　代わりに約束しろ！　アイナには決して手を出さないと！」

「……ああ、約束する」

朱色の瞳をうっすらと開けるロキは、愉快そうに口角を上げた。

「自分、名前は？」

「リヴェリア！　リヴェリア・リヨス・アールヴ！」

その名を受け止めたロキは、すぐに『恩恵』を刻む準備に取りかかった。

「ああっ⁉」とアイナが両手で口を覆（おお）うのを他所に、リヴェリアは勢いよくドレスの背を開き、王族の肌を晒（さら）す。

女神から流れ落ちる神血（イコル）が、美しく滑らかな背中に波紋を生じさせた。

「まだか⁉」

「急（せ）かすなっちゅうーに。もうちょいやから！」

右手は王族の杖を、左手は肩が剝き出しになったドレスを支え、胸を隠す。

己の背中を神の指が這（は）っては躍（おど）る。あられもない格好も相まって恥辱（ちじょく）に苛（さいな）まれながら、リヴェリアは戦い続けるフィンと同胞を見据えた。

「よっしゃ、終わりや！　……って、この【ステイタス】は……」

ロキの言葉を最後まで聞かず、リヴェリアは着直して戦線に加わろうとした。

一度押し黙った神は、新たな眷族を呼び止める。

「リヴェリア。うちの言葉を復唱しぃ」

「……?」

「とっておきの『祝福』、自分にやったる」

笑みを作る不敵な神を、僅かに振り向いて一瞥したリヴェリアは、今だけは文句を言わなかった。

自分の中で解き放たれ、荒れ狂う『魔力』の衝動に、逆らわずに従ったのだ。

「『終末の前触れよ、白き雪よ。黄昏を前に風を巻け』」

「──【終末の前触れよ、白き雪よ。黄昏を前に風を巻け】」

立ち止まり、杖を構えるリヴェリアは、教えられずともそれが呪文であることがわかった。

背中に刻まれた詠唱文をロキが発音する中、一言一句間違えることなく、玲瓏なる声音をもってなぞってゆく。

「なっ……リヴェリア様⁉　この『魔力』、まさか神の眷族に……⁉　なんてことを⁉　ぐっ、うおおおおおおおおおおおああぁァ⁉」

これまでにない『魔力』を放ち、僅かに衣をはだけさせながら歌うリヴェリアを見て、騎士長は王女が神に汚されたと悟り憤激した。

半狂乱に陥る彼の怒りが周囲のエルフ達にも伝わり、取り乱して、こぞってリヴェリア達のもとへ押しかけようとする。

「【閉ざされる光、凍てつく大地】」

リヴェリアの心は、凪(な)いだ海のように静かだった。

今より放つ『魔法』が、未だかつてないほど規格外であることを、無意識のうちに理解していた。

それは『神の恩恵(ファルナ)』によって適合(アジャスト)された、リヴェリア・リヨス・アールヴの真の『魔法』。

彼女の中に眠っていた可能性であり、彼女のみに許された秘技。

古来よりエルフが受け継いできた先天系の『魔法』と比(ひ)して、当然のごとく、その威力は遥かに凌駕(りょうが)する。

「フィーン！　全力で逃(に)げぇー!!」

常日頃の冗談の欠片(かけら)もない、本気の警告をロキは飛ばした。

槍を振るい続けていたフィンは凄(すさ)まじい『魔力』を発散するリヴェリアの姿に瞠目(どうもく)し、すぐさま退避を行う。

「【吹雪け、三度(みたび)の厳冬(げんとう)——我が名はアールヴ】！」

そして。

神の唇が紡(つむ)いだ詠唱文を全て唱え終えた直後、その『魔法』は解放された。

「【ウィン・フィンブルヴェトル】‼」

高らかな呪文名とともに、凍てつく冷波が炸裂する。

「「「────────────」」」

急迫する蒼氷(そうひょう)の砲撃にエルフ達は声を失い、あっさりと、慈悲(じひ)なく呑み込まれた。

急激に凍(い)てつく森が叫喚(きょうかん)を上げる。

地に横になった一角獣(ユニコーン)や白馬をも怯えさせる氷雪の怒涛(どとう)が、世界から熱を奪う。

凄まじき砲撃音の後、その場に広がっていたのは──霜と氷に閉じ込められた凍結の世界であった。

「これ、は……」

膝(ひざ)をつくアイナ、射線から何とか逃れたフィン、そして放ったリヴェリア自身、全員がその光景に愕然(がくぜん)とした。

一瞬で凍土と化した夜の森に、下半身や左右の半身を凍結させられたエルフ達の苦悶(くもん)の叫びが響き渡る。

「あ、あがぁぁぁぁぁぁぁぁ……⁉」

その中でも、顔を除く全ての部位を氷で覆(おお)われた騎士長の絶叫が、最も悲惨(ひさん)であった。

「……発現したんは『詠唱接続』。空欄の数から考えて、三種類にとどまらない、九、、、種、、の魔、、法、、」

まだ生まれていない残り『二つの魔法』にも止められぬ予感を抱く。

静まり返る森の中、呆然とするリヴェリアの背後でロキは唸った。

恐らくは神々が下界に降臨して以来、前代未聞の『異常事態』。

「最強の魔導士、その『卵』の誕生や」

その確信めいた予感に、女神は一柱、唇に弧を描くのだった。

2

思えば、あの実娘には常に手を焼かされていた。

ハイエルフの王、ラーファル・リヨス・アールヴは、ふと想起した。

聖書の精読より、弓をもって狩りに出かけることを好む。教養として遠い祖先が編み出した『魔法』に興味を示したかと思えば、すぐさま修得して森で悪さをするモンスターを討伐しに行く。極めつけは、自身の身分も忘れて下々の者をあっさりと招き、下世話な話をねだることであった。

王妃が崩御してから放任が過ぎたのか。ラーファルが気付いた時にはリヴェリアは『お転婆』と言うに相応しいエルフとなっていたのである。

頭痛に悩まされるようになったラーファルは、苛立ちとともに娘へ言い聞かせた。

『王族として自覚を持て』。

『責務を疎かにするな』。

『神々などが溢れるこんな時代だからこそ、我々は同胞に威光を示さねばならぬ』。

そのように言動をしつけ、説くと、リヴェリアはますます強情となっていった。

彼女は言うのだ。

この王森に縛り付けられている王族こそ哀れな存在だと。

あまつさえ時代に取り残される『ただの化石』などとも抜かした。

当時、ラーファルは初めて実の娘に手を上げた。

この森が聖域と崇められる理由が何故わからない。

森の外など悪意と害意が渦巻いているだけ。

この妖精郷を統べる王族こそ、最も尊ばれる存在である。

王族とは、一族が戴く光で在り続けなければならないのだ。でなければ、あの無様な小人族のように衰退するのは目に見えている。王族とはつまり、エルフの『誇り』なのだ。

リヴェリアは、その『誇り』を理解していないわけではなかった。

故に彼女は王族の責務を放り出しはせず、ただただ同族意識が過剰な一族そのものに辟易するようになっていった。

あれは遥か『古代』、王森に残ったエルフの女王『リシェーナ』より、姉の『セルディア』の気質を引き継いでいるのだろう。

王族の運命に背き、森を飛び出していった聖女の意志を。

――だからこそ、外の世界などに興味を持ってしまったのだ。

「あのお転婆め……」

王族（ハイエルフ）が住まう『アルヴの王森（おうしん）』。

エルフの聖地であり、大樹海も凌ぐほどの広大な森には今、相応しからぬ『冷気』が漂（ただよ）っていた。

凍てついた木々、霜に覆われた葉々。

そして、無残にも氷で覆われ、痛苦に喘（あえ）ぐエルフの騎士達。

凍土と化した森の景色を眺め、白馬に跨るラーファルは顔を歪めた。

翡翠（ひすい）の長髪を結（ゆ）わえ、金の冠（サークレット）を額に纏う彼は、舌打ちこそ放たなかったものの、眉間に深い皺（しわ）を刻んだ。その顔が激昂を抑えているのは明らかであり、お供のエルフ達はみな声を殺して怒りの焔（ほむら）が鎮まるのを待つ。

この氷結の暴挙を、自分の血を継ぐ娘（むすめ）がやったのだと、彼は正（ただ）しく悟（さと）っていた。

「カノス騎士長……この醜態（しゅうたい）は何事だ！」

「もっ、申し訳ありませんっ、王ぉぉ……！」

王女（リヴェリア）が里から飛び出して既に半刻以上。

いつまでも経っても帰還しない捜索隊に業を煮やし、部下を率いて自ら馬を走らせたラーファルが見たものは、騎士長達の見るも無残な姿だった。誰もが凍りついており、身動きが取れなくなっている。

普段は冷静沈着の王の大声に、全身が氷漬けになっている騎士長は怯（おび）えながら、青紫色になった唇を震わせた。

「か、神がこの王森に侵入しておりっ……リヴェリア様と眷族の契りをぉ……！　始祖の術を上回る『魔法』によってっ、我々はなす術もなくっ……！」

凍結によって碌に舌が回らない騎士長の報告を聞き、王が発散する怒りはとうとう烈火のそれに変わった。

よりにもよって下賤な神が！

王族の宝を奪おうとしている！

主の怒りに周囲のエルフ達が一様に怖ける中、ラーファルは顔を振り上げた。

「後を追うぞ！　必ず王女を連れ戻すのだ!!」

「は、ははぁ！」

馬を翻す王に、騎士や兵士達が急いで続く。任を果たせなかった不甲斐ない騎士長達と、慌てて彼等を救出する僅かなエルフ達を残して。

王女を外界に出してはならぬと、王の本隊は追跡に乗り出すのだった。

「ふへへぇ～！　ハイエルフの王女様ゲットやー！　見たか、フィーン！」

「まさか本当に加えてしまうとはね……」

エルフ達が血相を変えて馬を走らせている中、肝心の王女と彼女を助けた一団は、森の中を進みながら馬鹿騒ぎをしていた。

念願叶って浮かれまくるロキと、「脱帽するよ」と苦笑するフィンである。

「なんという愚劣な存在なんだ……。噂には聞いていたが、これが神など信じられん……」

「リ、リヴェリア様、そのようなことをおっしゃってはっ……！　お気持ちはわかりますが……！」

すぐ横で二の腕を抱いているのはリヴェリアと、必死に宥める侍従のアイナである。

最悪の出会いから今に至るまで、この王森の中で暮らしてきたエルフ達は文化的衝撃にも等しい驚愕を受けていた。

「そんなこと言わんといてなぁ、リヴェリアちゃ～ん。もう自分はうちの眷族なんやから～」

「ええいっ、寄るな、喋るな！　名を呼ぶな！　くそっ、なぜ私がこんな神に……！」

グフフと笑ってすり寄るロキに、リヴェリアは本気で嫌がり、距離を取る。

里からの脱走計画が最初から躓き、仕方なかったとはいえ神の虜囚――だと本人は思っている――に堕ちた王女は、気丈に睨み返しながらも今にも涙目になりそうであった。

その恥辱の表情がこの上なくロキの親父心をくすぐることに、今はまだ付き合いの浅い彼女は知らない。

フィンの苦笑は深まるばかりだった。

「ま、入団の挨拶(あいさつ)はこれくらいにして……」

「どこが挨拶だっ！」

「事情、聞こうか。なし崩し的に眷族に入ってもろうたけど、訳ありやろ、自分ら？　追われてるみたいやしなぁ」

頭の後ろで手を組むロキに憤りながらも、リヴェリアは視線を足もとに落とした。

やがて観念したように、渋々と語り出す。

今も緊張しているアイナとともに、自分達の身の上と、王城から出たわけを。

「なるほどなぁ。大方そんな感じやとは思っとったけど……。でも、フヒヒッ、ちょうどええ！　アイナちゃんもうちのファミリアに入ら――」

「触れるな」

直後、凍える眼差しとともに、リヴェリアは片手に持つ杖をロキの首に突き付けた。

彼女の本気の双眼に、女神は両手を上げ、「お、おぶぅぅぅ……!?」と潰れた豚のような声を出す。

「もう約束を忘れたとでも言うつもりか、気色悪い神め。私の知己に手を出すな」

「リ、リヴェリア様……」

「アイナを貴様の玩具(がんぐ)になど絶対にさせない。……この身の自由を奪われようとも、アイナだけは触れさせない」

　それは揺るぎない誓いである。

　自らは既に神の眷族に成り下がったとはいえ、知己だけは守らんとする誇り高いリヴェリア・リヨス・アールヴの意志。

　滝のような汗を流し、ひぇ～、と悲鳴を漏らす主神に、フィンは嘆息した。

「調子に乗りすぎだよ、ロキ。ハイエルフほど気難しい種族はいないと伝えただろう？」

　槍の柄で肩を叩きながら、フィンはロキとリヴェリアの間に立つ。

　助け船を出そうと、それとなく話題を変えた。

「話を聞く限り、君達は主従の関係だと思ったけど、違うのかい？」

「違う！　たとえ王宮の臣下達がそうであっても、私達は違う！　アイナは私の友人だ！　アイナだけが、私を王女扱いしなかった！」

「リヴェリア様……。あの時の私は無知であり、恥知らずなだけであって……」

「構うものか！　それでもお前のあの時の言葉は本物だった！　私は救われたんだ！」

「リヴェリア様……」

　麗人と言っても通用する長身のリヴェリアと、体の起伏から彼女より女性らしいアイナは、召し物さえ変えれば王子と王女といった風で、とても絵になる。

　手を取り合う二人の姿は感動の一場面に違いない。

「フヒヒ、百合（ゆり）やぁ〜。ホンマもんの百合やぁ〜。しかもえらい別嬪（べっぴん）のエルフ同士のぉ〜。たまらんでぇ、たまらんでぇ〜グフフ」

「何を言っているかわからないけど、とりあえず黙ってくれロキ」

が、変態を地でいく神にとってはただのご馳走であった。

涎（よだれ）を垂らすロキに一瞥もくれず、フィンは綺麗な笑みとともに拒絶した。

「取りあえず、こちらも自己紹介を済ませておこうか。もうロキの方は大丈夫だろう、僕の名前は――」

そこまで口にしたフィンだったが、

「はっ」

とリヴェリアが大きく鼻を鳴らしてみせた。

およそ王族らしからぬ所作で。

「私は知っているぞ、お前達小人族（パルゥム）の性分を。王家が抱える行商達がそうだった。常に顔色を窺（うかが）いながら、謙（へりくだ）り、そのくせ人一倍汚い欲望を隠さない……卑（いや）しい種族め」

「……」

「リ、リヴェリア様……」

出会い頭、強引に派閥（ファミリア）へ入れられたことが後を引いているのだろう。

王女（リヴェリア）はロキはもとよりフィンにも強い嫌悪感を見せた。

いっそここまで刺々しいのはアイナを守るためだろうが……見下して嘲る姿は、まさに鼻持ちならないエルフの本質ここに極まれりといったところだ。

やはりこうなるか。フィンは半眼になりながら思った。

そして同時に、彼も若かった。

「やれやれ……知識をひけらかしておきながら随分と見識が狭い。いや、狭いのは心の方かな？」

「なんだとっ！」

「一度、鏡を見ることをお勧めするよ。僕を見下ろす君の瞳は、子供を見下す大人のそれより見苦しいし、浅ましい」

あっけらかんと、フィンは軽い調子で非難した。

あくまで身長の低い自分の方が大人だと言うように。

あくまで自分の器の方が大きいと告げるように。

大事なことだから三回言うが、自分の方が小さくないと主張するように。

これに激昂するのはリヴェリアだ。

頬を紅色に染めて、今にも食ってかかろうとする。

「こーれ、フィ〜ン、挑発するなって」

今度はロキが仲裁に入る番だった。

リヴェリアのこのような喧嘩腰を見たことなどないのか、アイナはあわあわと慌てふためくばかりである。

小人族（パルゥム）は小馬鹿にするような笑みを見せ、エルフは柳眉（りゅうび）を吊り上げる。

これがフィン・ディムナとリヴェリア・リヨス・アールヴの、最悪の初印象であった。

「フィン、いつものスカした顔はどこいったーん？　自分は少し生意気なくらい余裕ぶってた方がええって～」

「ンー……」

「リヴェリア様も、今は争っている場合ではありませんっ。王の追手はあれだけで終わらないでしょう。本当に外の世界へ行きたいというのなら、彼等と協力しなければ」

「む……」

屈んで肩に手を回してくるロキ、姉のように接するアイナに、二人とも諭（さと）される。

今の状況を思い出したフィンとリヴェリアは、無言の時を挟んで、不承不承（ふしょうぶしょう）に口を開いた。

「……フィン・ディムナだ」

「……リヴェリア・リヨス・アールヴ」

全く同じように片目を瞑（つむ）り、互いを見やりながら、互いの名を交わすのだった。

追手から逃れるため、ロキ達は移動を続けた。

王森の入り口からエルフの守り人達を尾行してきたフィンは目印をつけ、順路を覚えている。今ならば警備はないに等しいと見越し、来た道を引き返していた。

「と言っても、この森から脱出したところで、ハイエルフの王女が里から飛び出したと知れれば、やっぱり『国際問題』……。正直、もう詰んでるような気はするけどね」

「しょうがないや～ん、フィーン。リヴェたんは森の外に出たくて、うちはプリティビューティなハイエルフとイチャコラしたい。利害の一致ってやつや～」

「誰がリヴェたんだっ!!　あといちゃこらとはなんだ！　おぞましい気配しかしないぞ！」

不穏な発言にリヴェリアが声を荒らげる。

フィンは一瞥もくれないで「早く慣れないとロキの【ファミリア】ではやっていけないよ」と適当な教えを与えた。

「ま、とにかく僕は世界中のエルフに狙われるのは御免だ。君に何とかしてもらいたい」

「……私を【ファミリア】に無理矢理加えたのは、貴様等の方だろう。今更どの口が言う」

王族が世界に号令を打てば、たちまちエルフ達がリヴェリアを奪還せんと刺客になる。自分達も無事では済まない。森の中を進みながら懸念事項を口にするフィンに対し、リヴェリアは出会い方が出会い方だったので、角が立つ物言いになってしまう。

再び機嫌が悪くなる王女を「リ、リヴェリア様っ」とアイナが宥めようとした時、

『オオオオオオオオッ！』

野蛮な怪物の啼き声が轟いた。

「えっ、モンスターやん！　この森おるの⁉」

「嘆かわしいことにな。エルフの戦士達が定期的に駆除をしているが……過去には『竜』も住み着いていたと聞く」

「敵は追手だけじゃない、か……。ひとまず森を抜けないと、おちおち会話もできないな」

正面より迫りくる狼のモンスター『ドレッド・ウルフ』の群れにロキが仰天する。

主神達を庇ってフィンが迎え撃とうとすると、リヴェリアはアイナに声を向けた。

「アイナ、弓を！」

「はい！」

負傷し連れていけなくなった一角獣から回収した弓矢、それを受け取ったリヴェリアは素早く弦を引き絞る。

ギリギリと鳴る弦から、たちまち一条の矢が放たれた。

『ギャンッ⁉』

命中。

更に第二射、三射。

狩人の眼差しとなった妖精の王女は、モンスターの眉間に次々と鏃を打ち込んでいく。

「動体視力が上がっている。それに先程から明らかに向上している運動能力といい……これが神々の『恩恵』か。まったく、腹立たしい」

これまでの自分にはなかった身体能力――目覚めた潜在能力に、リヴェリアは悪態交じりに『神の恩恵（ファルナ）』の効果を実感した。

素早く駆ける『ドレッド・ウルフ』を見失わず、まるで吸い込まれるように矢が突き刺さっていく。

ヒュウと口笛を吹くロキの隣で、応戦しようと待ち構えていたフィンは、出鼻を挫かれたように肩を竦めた。

「……お見事」

「ふん、低俗な小人族（パルゥム）め。貴様は弓も使えないのか」

未だ喧嘩腰のリヴェリアに、侍従（アイナ）が頬を両手で覆って「嗚呼（ああ）」と悲嘆するが、

「生憎とね。でも、君ができるんだったら僕が使える必要はないと思ってる。ロキに言わせてみれば、仲間が互いを補（おぎな）う……それが【ファミリア】ということだからね」

フィンは嘲弄（ちょうろう）を笑み一つで受け流す。

その様子に、リヴェリアはうろたえてしまった。

「それに君のような弓の名手がいるんだったら、尚更さ。リヴェリアが力を貸してくれる限り、僕達の【ファミリア】は安泰（あんたい）だよ」

「……ま、まぁ、確かに貴様の言う通り、私は里の中でも一番の射手（しゃしゅ）だった。見ていろ、あの

程度の敵、全て始末してやる」

頬を軽く染め、咳払いをしたリヴェリアは矢を番（つが）え、どんどんと射っていく。

彼女から離れ、てくてくと歩いてくるフィンは、ロキとアイナに満面の笑みを見せた。

「チョロイね」

「うわー、フィン腹黒ー」

（リヴェリア様っ、上手く転がされています……！）

きらきらと輝く美しい筈のフィンの笑みは、まさに真っ黒であった。

聡（さと）くて狡（ずる）い小人族（パルゥム）は流石（さすが）の順応力を見せつけ、リヴェリアを利用する方向に転換（シフト）したのだ。

アイナは主（あるじ）のために憤（いきどお）るか嘆くか心底迷ったが、これ以上仲違（なかたが）いしてほしくなかったので、断腸の思いで黙った。

（リヴェリアは見たまんま世間知らずの王女様、フィンはリヴェリアより大人やけど、まだ青い……ちゅうか、ようやく年相応の顔を見せとる。意外にいい凸凹（でこぼこ）コンビかもなぁ）

既に完成され過ぎていて忘れそうになるが、フィンはまだ十四歳だ。

その言動を大人げないというのは的外れで、これくらいは可愛い意趣返しの範囲だろう。彼も馬鹿にされっ放しで鬱憤（うっぷん）を溜めていたのだ。

一方で、リヴェリアの文句は陰口とは無縁で、常に真っ直ぐだ。

フィンも真正面から瞳を見つめられ、『揶揄（やゆ）』ではなく『侮辱（ぶじょく）』されることは初めてなのだろう。彼自身気付かぬうちにムキになってしまうほど、リヴェリアには裏表がない。

ロキもこれには苦笑し、同時に楽しみに思った。

彼等がいつ真の仲間として認め合い、手を繋げるのか。

その時はすごい【ファミリア】になるだろう。

そんな予感を胸に抱きながら。

「よっしゃ、全滅やー！　さっすがうちのリヴェたん！」

「だから、おぞましい呼び方をするな!!　あと誰がお前のものだ！」

『ドレッド・ウルフ』の全滅を見届け、ロキがひゃっほーと諸手(もろて)を上げて抱き着こうとする。

弓を引き絞って牽制(けんせい)するリヴェリアに、フィンは結んでいる三つ編みを弾き、アイナが苦笑していると――彼女の細長い耳が、揺れた。

「……？　待ってください、何か音が……」

「これは……馬蹄の音？　まずい！」

アイナとフィンが、ほぼ同時に近付いてくる『音源』に気付く。

モンスターの悲鳴を聞き付けてか、追手が迫っている。

それを察する否や、フィンは声を発していた。

「走れ！」

喝采(かっさい)するロキと激怒するリヴェリアも、一瞬で顔色を変えた。

四人一斉に駆け出す。

追いつかれまいと、フィン達は青白く輝く光の森を急いだ。

だが、こちらには一般人に等しいロキとアイナがいる。

その進行速度は馬を駆(か)る一団とは比べるべくもない。

逃走虚(むな)しく、とうとう追いつかれてしまった。

「見つけたぞ、リヴェリア！」

「父上……！」

場所は開けた森の一角。

幾重もの枝と葉が折り重なる円蓋(ドーム)の下で、リヴェリア達とエルフ達は対峙(たいじ)する。

騎士や兵士が道を開けて現れるのは、外套(マント)を羽織(はお)るラーファル王だ。

「本当に神より恩恵を刻まれたか。間違いであってほしいと望んでいたが……なんという悪夢だ！　もはや嘆くことも叶わん!!」

小さな皺など老いは確かにうかがえるが、ラーファル王は未だ容貌端正と呼べるほどの美貌を保っていた。

リヴェリアと同じ翡翠色の瞳に怒りを宿し、妖精の王は喝破(かっぱ)する。

「この馬鹿者が！　愚かだとは思っていたが、ここまでとは思わなかったぞ！」

威厳(いげん)溢れるその叱咤(しった)にエルフ達はみな萎縮(いしゅく)した。

アイナともどもリヴェリアも気圧され、後ずさるが、彼女は気丈に言い返す。

「父上!!　私はこの目で森の外を見たい！　外の世界を知りたいのです！」

「王家の責務を放棄するつもりか！」

「玉座に縋りつくことが責務だというのなら、それも止むをえないでしょう！」

王族の舌鋒は止まらない。

一歩も引かない父子に、森さえも葉擦れの声を上げてざわついた。

「何故、王族だけが森に閉じこもっているのですか！　神々が降臨したこの世界で、この時勢で！　我々は外に解き放たれるべきです！　王森の因習はもはや鎖だ！　王族はこの森に呪われ、縛られている！」

幼い頃から抱き続けてきた疑問と不満をリヴェリアはぶつけた。

閉じられた小さな箱庭の中で戴く冠に、一体何の意味があるのかと。

それに対し、ラーファル王は揺らぐことなく言い返した。

「『アルヴの王森』はエルフの聖地！　この聖域と我々王族が廃れれば、一族は拠り所を失う!!　今、お前の隣にいる、そこの小人族のようにな！」

「……ッ！」

「一体どの口がこの神聖なる森を侮辱するのだ！　恥を知れ!!」

自種族に誇りを持ち、自尊心が高いからこそ、拠り所を失った後は落ちぶれるのも早い。

ラーファル王の同胞達に対する弁は、事実の一面を突いていた。

リヴェリアは口ごもり、その隣にいるフィンは醒めた目を王に向ける。

だが一方で、一族を憂うその心も理解するかのように、小人族は瞑目した。

「同胞達にも増して、我等ハイエルフは子に恵まれない。一族のためにも王族の血を絶やしてはならない……。外の世界に、お前を穢させなどはしない！」

長寿種族であるエルフは、ヒューマンや他の亜人と比べ、出生率が低い。

エルフより更に長寿であるハイエルフは尚更だった。

ラーファル王はリヴェリアしか子を授からなかった。故に不自由のない生活を与え、穢れから遠ざけてきた。少なくとも彼はそう信じている。

そこには、彼なりの愛があった。

娘からすれば歪んでいたとしても。

「何が不満だ！　お前が望むものは全て与えてきた！　余計なものを排し、純然たる輝きだけを恵んできた！　お前は世継ぎを産むその時が来るまで、王女としての役目を全うしていればいい！」

その時、人知れず拳をぎゅっと握るのは、王女を最も近くで見守ってきたアイナだった。

様々な感情とともに、視線を切なそうに隣へ向ける。

リヴェリアは、体を震わせていた。

だから、そんなリヴェリアの右手に、自分の左手を絡めた。

眼差しは交わさなかった。

ただ、気高きハイエルフは力強く握り返した。

「その押しつけがましい思想をっ……貴方の用意した鳥籠を私が憎んでいると、どうしてわかってくれない！」

そしてリヴェリアは、叫ぶ。

「私は貴方達が嫌いだ！　この里が、大っ嫌いだ!!」

「……！」

「貴方の押し付けた鳥籠など、私は要らない！」

自分に寄り添ってくれるアイナの指に、勇気をもらいながら、ずっと実父にぶつけてやりたかった思いを吐露する。

「私は、貴方の『人形』じゃない！」

今度は王女の痛切な声音が響く番だった。

周囲のエルフ達が次第に戸惑いと、慨嘆にも似た声を広げていく。

ラーファル王は忌々しそうに、顔を歪めた。

「神々が降臨したこの時代だからこそ、我々が同胞達の偶像にならなければならないと、何故理解できないのだ……！　娯楽などというものを愛する堕落の塊に、我等エルフが毒されてはならないと、何故！」

やがて彼の怒りの眼差しは、この場にいる神、つまりロキに向けられた。

多くが己の欲望を満たすがために世界をかき回す神々に、ハイエルフの王は危機感を抱いている。

——が、彼等の話をどーでもよさそうに話を聞いていたロキは、ぽりぽりと頭をかいた。

「んー、神々(うちら)からすると下界の政治はワケワカメちゅうか……みんなもっと自由に生きたらええやんって思うんやけど……」

そんなことを呟(つぶや)いたかと思うと、キリッと顔を引き締める。

「まぁ王様、うちが今、言っておきたいのは、もっと単純(シンプル)なことや」

そして前に歩み出て、勢いよく腰を直角に折った。

「あんたの娘(むすめ)さんをうちにください!!　必ず幸せにします!!」


森に静寂が生まれた。

多くのエルフはもとより、リヴェリアとアイナも顔を引きつらせた。

フィンは自分が毒されていると自覚しながら、一人笑みを噛み殺していた。

最後にラーファル王は——顔を紅(くれない)の怒鬼(オウガ)に変えた。

「王女を捕えろぉ!!　他の者は殺しても構わん!!」

激おこエルエル無限灼熱地獄である。

「神といえど許さんっ!!　アールヴの名のもとに宣言する！　あの不届き者に罰を与えるのだ!!」

曲がりなりにも情を抱いている愛娘を、どこの馬の骨ともわからない輩に与える親などいない。顔を真っ赤に燃やす王は蓄積されてきた神々への鬱憤も相まって、ブチ切れた。

それが開戦の合図。

エルフの騎士達が剣を抜き、兵士が杖を構える。

妖精の軍団は鯨波を上げ、ロキ達のもとへ突撃した。

「えーっ、なんでやー！」

「当たり前です！　神々を嫌っている王に向かって、あんな言葉を言われたら……！」

「そもそも私はお前のものになった覚えはない！　訂正しろッッ!!」

「まぁ、ここまできたらしょうがない。大人しくやられるわけにもいかないし。……後のことを考えると、本当に憂鬱だけど」

ロキ達がぎゃんぎゃん騒ぐ中、「やるよ」とフィンが鋭い声を打つ。

「この数を相手に、開けた場所は不利だ。森の中で戦う」

フィンの判断は即座だった。

三人と一柱が獣道へ向かう。

馬は進路が制限され、動きを先読みすることが容易となる。遮蔽物によって目視しづらくなれば、リヴェリアを傷付けられないエルフ達は迂闊に『魔法』を連射できない。

ロキとアイナを庇いながら、フィンとリヴェリアは敵の動きが精細を欠いた瞬間、応戦した。

馬で向かってくるエルフをフィンの長槍が薙ぎ払い、呪文を唱える後続をリヴェリアの矢が穿つ。

「ぐうう⁉」

「づあっ⁉」

「……っ！」

狩りはしてきても、同胞達を射抜いたことはない。呻吟とともに上がる鮮血にリヴェリアは顔を歪めるものの、『魔法』を撃たせるわけにはいかない。彼女は竦みそうになる指を叱咤し、何度も矢を放った。

「リヴェリア様、矢が⁉」

「しまっ……⁉」

そこで、矢筒が空になってしまう。

アイナの悲鳴にリヴェリアは残弾に意識を割いていなかった己の失態を呪うが、もう遅い。

完成した詠唱をもって敵騎士が馬上より『魔法』を放とうとする。

「ロキ、短槍（やり）を」

「ほい」

しかし、フィンの行動がそれを許さなかった。

荷物を抱えるロキから短槍（たんそう）を受け取り、目にもとまらぬ速さで、投げつける。

「ぐぁあああああ!?」

見事エルフの杖を撃砕した穂先が、騎士を落馬させる。

更にそこから『魔力暴発（イグニス・ファトゥス）』——魔力の暴走による自爆を発生させた。

後方より上がった炎と爆風に、エルフの兵士達が次々と顔から地面に倒れ込む。吹き寄せる木片と土の欠片に、リヴェリア達も思わず腕で顔を覆った。

『神の恩恵（ファルナ）』をもって発現する後天系の『魔法』——可能性が芽吹（めぶ）くことで修得する自分だけの専用魔法——とは異なり、先天系の『魔法』は制御に難がある。

詠唱の中断、および失敗によって遥かに『魔力暴発（イグニス・ファトゥス）』を起こしやすい。

フィンは抜け目なく、それを狙ったのだ。

「お前……」

「言ってなかったかな？　弓は扱えないけど、投槍（これ）には自信があるんだ」

一瞬の機転と対処にリヴェリアが驚いていると、フィンは涼しい笑みを見せてくる。

なんと小憎たらしい。

同時に、頼もしいと言わざるをえない。

リヴェリアは不愉快そうに、ふんっ、とそっぽを向いた。

（……認めたくないが、この小人族は私の知っている小人族とは違う。あの女神はもとより、私やアイナを守るために誰よりも速く、『勇気』をもって敵と切り結ぶ）

まるで小人族の戦士だ。

その卓越した槍の技能も含めて、リヴェリアはそう評する他なかった。

何かこう、悔しい思いを抱きつつ、負けじと弓を捨てて『詠唱』を開始する。

「【吹雪け、三度の厳冬──我が名はアールヴ】！」

放たれる【ウィン・フィンブルヴェトル】。

三条の吹雪が騎士や馬々を慈悲なく凍結させる。馬上から放り出される者、身動きが取れなくなる者、阿鼻叫喚の様相が森中に広がった。

（この『魔法』の凄まじさ……。『神の恩恵』を授かった者から、祖先が編み出した先天系の『魔法』を使わなくなると聞いていたが……なるほど、納得せざるをえないな）

これならば、魔法種族の普遍的な魔法を誰もが捨てるわけだ。リヴェリアはそう思った。

『神の恩恵』によって発現した魔法に比べれば、まさしく『おもちゃ』である。

威力こそ侮(あなど)れないものはあるかもしれないが、詠唱が長い。無駄が多すぎる。何より多様性が存在しない。『魔力暴発(イグニス・ファトゥス)』の可能性も高いとあっては誰も使いたがらないだろう。

それに対して、後天系の『魔法』は自身に適合(アジャスト)したもの。

相性や効率は先天系とは比べるまでもなく、場合によっては威力さえ優に上回る。今、目の前に広がっている光景のように。

(前の戦闘でも見せつけられていたけど……大した威力だ。『恩恵』の力なんかじゃなく、あくまで彼女の資質によるもの、か)

【ステイタス】に発現する『魔法』や『スキル』は、同じ種族の中で名称は違えど似た能力を持つものも多いと聞く。

だが、リヴェリアの『魔法』は次元が異なる。

彼女だけの一つ(オンリーワン)だけ、言わば『必殺』である。

フィンもまた内心で舌を巻き、認めざるをえなかった。リヴェリア・リヨス・アールヴは、『大魔導士』の器(うつわ)であると。

言葉を交わさない二人の眷族は、この時、確かに互いを認め合ったのである。

「ええい、何をしている！　相手は四人だぞ！　数をもって一帯ごと取り囲め！　木を登り、樹上からも矢を射るのだ！　森を知りつくす我等にこそ地の利はある！」

抗戦を続けるリヴェリア達に、趨勢(すうせい)を見守るラーファル王が苛立ちの声を上げる。

彼の的確な指揮を聞いて、フィンは顔をしかめた。

エルフの慣習そのものと言っていい彼自身はあまり好きにはなれないが、やはり愚王ではないらしい。

王の作戦によって兵士達も地形を利用し始め、一転して窮地に陥る。

突破口を探ろうとフィンが頭を全力で回転させた——まさにその時だった。

『オオオオオオオオオオオオオオオオオオオオオォォ!!』

大森林を打ち震わせる『咆哮（ほうこう）』が轟いたのは。

「っ……？」

「い、今のは……？」

フィン達も、大勢のエルフも、誰もが動きを止めた。

未だ震える木々のざわめきに声を失っていると、森の一角が爆ぜる。

フィン達から見て視界奥、『魔法』を準備していた敵部隊後方の騎士達が、凄まじい勢いで吹き飛ばされた。

「なっ⁉」

「あれは……『竜』⁉」

膨大な煙とともに現れ、リヴェリアとフィンの驚愕をさらったのは、深緑の鱗(うろこ)を持つ『竜種』であった。

「木竜(グリーン・ドラゴン)⁉」

その巨軀(きょく)は体長一〇M(メドル)、体高五M(メドル)を優に越えるか。

背から生える双翼の皮膜がボロボロに朽ちているが、樹肌を彷彿とさせる強靭(きょうじん)な竜鱗(りゅうりん)は健在だ。人など丸呑みできる顎(あぎと)からは歪な牙が覗き、緑眼はギラギラと凶悪な光に満ちていた。

『グリーン・ドラゴン』。

遥か彼方の迷宮都市、そのダンジョンでは『中層』に棲息する宝財の番人(トレジャー・キーパー)。

階層最強と呼ばれるほど、絶対的な潜在能力(ポテンシャル)を持つ竜種にして、怪物である。

「馬鹿な、あれは百年前に父上が討伐した筈……まさか、子がいたというのか⁉」

ラーファル王は瞳に驚倒を宿し、自らの推測に慄然(りつぜん)とした。

一度は親もろとも死にかけ、『魔法』によって焼き払われた翼に復讐を誓った竜。

エルフ達に存在を気取らせないよう息をひそめながら、百年の年月を経て、ここまで成長を果たしたのだ。

ラーファル王の推測に違わず、木竜(グリーンドラゴン)は唖然(あぜん)と立ちつくす妖精達に向かって、憤激の雄叫びを吐いた。

『アアアアアアアアアアアアアアアアアアッ！』

「ぐがぁあああああああああああああああああ⁉」

その爪で、竜頭で、憎き耳長の者達を殴り付けては吹き飛ばす。

何とか迎撃しようと五月雨（さみだれ）の矢、そして必死に間に合わせた『魔法』が飛ぶが、強度は大樹の比ではない竜鱗（りゅうりん）によって弾かれる。

顔を青白く染めた弓士（アーチャー）や騎士は、間もなく一閃（いっせん）された長い尾によって薙ぎ払われた。

「さ、里へ引き返せぇ⁉　王都に残っている軍と合流し、追い払う！　退（ひ）け、退けぇ！」

並び立つ木々に委細構わず、全てを粉砕（ふんさい）していく様はまさに嵐だった。

悲鳴を上げるように樹木が倒れ、あっという間に平地となっていく凄まじい光景に、ラーファル王は退却の指示を出す。

エルフの騎士達が恐慌を起こしながら潰走を始める中、ラーファル王は振り向き、リヴェリアへと叫んだ。

「リヴェリア、お前も来い‼　今は父子で争っている場合ではなかろう！」

「っ……⁉」

父王の呼びかけにリヴェリアは体を揺らした。

視線の先で暴れ回る猛威の竜は恐怖の塊（かたまり）。心臓がこれまでにないほど震えている。青ざめるアイナも同様だ。

確かに親子喧嘩などしている場合ではない。

父の言う通り、引き返すのが賢者の判断だ。

(しかしっ……だが!)

――お前の『夢』とは、たかが恐怖で途絶(とだ)えるものだったのか?

――鳥籠を出た先に広がる世界への憧憬(しょうけい)は、そんなものだったのか?

心の内側に木霊(こだま)する声が、ここが岐路(きろ)だと告げていた。

恐怖に屈して王都に戻れば、もうリヴェリアは旅立てない。王に閉じ込められるなどといった物理的な意味ではなく、心構えの問題で。

一度怯えた心はリヴェリアを縛り付けるだろう。

何かと言い訳をして、森と外界の境目を越えられなくなる。

それが一度折れてしまえば脆(もろ)いエルフの矜持だ。

きっとリヴェリアは、ラーファル王の言う通り世間知らずの小娘のまま生涯を閉ざす。

首筋に汗が滴(したた)り、リヴェリアは葛藤(かっとう)の狭間に立ちつくしてしまった。

だが。

「リヴェリア、詠唱を始めろ。あの竜は僕が食い止める」

「!!」

そんなリヴェリアの背を、小人族(パルゥム)の声が叩いた。

何ものにも屈さない『勇気』を掲げ、フィンは彼女を置いて、前へと歩み出る。

「何を迷っているんだ。外の世界を見たいと語った君の覚悟は、その程度のものだったのか？」

「……っ！」

「僕には野望がある。一族の再興という悲願が。こんなところでは決して終われないし、終わらせない」

——君は違うのかい？　と。

小人族(パルゥム)の少年は顔だけを振り向かせ、ふてぶてしいほど不敵に、口端を上げた。

「君に僕の背中を預ける。この意味、わかってくれよ？」

それは『信頼』だ。

同時に『発破』でもある。

小人族(パルゥム)が見せつける、そのとても小さく、大きな背中に、妖精(エルフ)は拳を作った。

次には、迷いなど蹴り飛ばす。

「舐めるな、小人族(パルゥム)！」

何て憎たらしい！

そして何と雄々(おお)しい！

これが【ファミリア】!!

これが『仲間』か！

負けたくない!!

リヴェリアは素直にそう思った。

無様など晒(さら)せないと、気炎で恐怖を焼き洗う。

握り締める杖を突き出しながら、竜の雄叫びにも負けぬ意志をもって、胸を震わせて叫んだ。

「私は必ず、外の世界へと旅立つ!!」

心の奥で今も光を放っている『夢』を抱え、誓いを刻みながら、リヴェリアはフィンと肩を並べ、怒(いか)れる竜と対峙した。

「【魔槍(まそう)よ、血を捧げし我が額(ひたい)を穿(うが)て】――――【ヘル・フィネガス】!」

小人族(パルゥム)の唇に宿るのは笑み。

妖精(エルフ)の決意を聞き届け、フィンは詠唱とともに走り出し、一人の凶戦士と化した。

「おおおおおおおおおおおおおおおおおおおおっ!!」

『――――――――――ッッ!!』

森のモンスターの『魔石』を十分に喰らったのか、戦殺(アイレン)にも勝るとも劣らない敵、ましてや単身で押さえ付けなければならないとあれば、加減などできる筈もない。

開幕で『魔法』を発動させたフィンは理性を捨て、全力で木竜(グリーン・ドラゴン)と死闘を演じる。

鋭く歪な爪牙、凶悪な尾と長槍(ちょうそう)が、何度も衝突する。

「【終末の前触れよ、白き雪よ】!」

前方に広がる凄まじい光景を前に、リヴェリアもまた詠唱を奏でた。

片や戦意に憑(と)りつかれるまま暴戦し、片や呪文をひたすら紡ぎ続ける。

連携なんてあったものではないにもかかわらず、それは確かに『前衛』と『後衛』の動きだった。

フィンとリヴェリアは、互いのために己の役目を果たそうとしていた。

同じ打倒の意志を宿す二人の眷族を眺(なが)め、ロキは一人、目を細める。

「……なぜだ……何故だ、リヴェリア……」

一方、ラーファル王は立ちつくしていた。

自分の呼びかけを振り払い、勇敢に戦う王女の後ろ姿に、絶望にも近い感情を抱く。

あの気高き姿と、今も竦んでいる己の足は、あまりにも対照的だった。

「ラーファル王、早くここからお逃げを！　王っ、王⁉」

近衛騎士の声が遠い。心が漏らす呻吟(しんぎん)が彼の脳裏を埋めつくす。

あの『竜』は外の世界の象徴だ。

森を抜けた先には、あんな恐ろしいものや危険なもので溢れている。時には怪物より厄介な人の悪意が王女を辱(はずかし)めるに違いない。

何故それがわからない。

いや、何故それがわかっていながら、旅立とうとするのか？

見せつけられてしまう。

同じ種族であり、同じ血を引きながら、自分と娘は違うのだと。

「そこまで……それほどまでに……」

それほどまでに里が、私が憎いのか。

ラーファル王はそう尋(たず)ねはしなかった。

娘を突き動かす衝動の根源が、そんなものではないと、もはや彼は理解してしまっている。

——長い歴史の中で、王族(ハイエルフ)の女性の多くが、この『アルヴの王森(おうしん)』を捨て、森の外へ旅立とうとする。

不思議なことに彼女達は共通して外の世界に関心を抱く。思えば既に他界しているリヴェリアの母親もそうだった。最初に森を発(た)ったというハイエルフ、迷宮神聖譚(ダンジョン・オラトリア)に登場する『永遠の聖女セルディア』は言うまでもない。あるいは、魂の奥底に受け継がれる彼女の血がリヴェリア達を駆り立てるのだろうか。

ラーファル王とて外の世界に憧れたことはあった。

だが、彼は踏み出せなかった。

王族の責務——聞こえはいいが一族の慣習と秩序を振り解くことが、できなかったのだ。

「何故それほどまでに外の世界に関心を持つ？　鳥籠であったとしてもここが楽園だと、何故わからない!!」

王の鎧を外した、ありのままのラーファルは臆病だった。

そして置いていかれることを恐れた。

あの気高き聖女(セルディア)の血に。

何の後ろ盾もなく、広大な世界という名の海原を行く、誇り高き意志に。

森の奥で、玉座の上で過ごす生き方しか彼は知らない。

王族という誇りと呪縛(じゅばく)に、逆らえない。

だからリヴェリアも、この森に縛ろうとした。

ともにこの森に溺(おぼ)れてほしかった。

「どうして故郷(わたしたち)を捨て、そうまで旅立とうとするのだ！」

王の体裁(ていさい)など忘れ、泣き叫ぶように、父は娘(むすめ)に向かって叫んでいた。

「……エルフのおっちゃん、ラーファルゆうたっけ？」

そんな彼に、ロキは静かに歩み寄った。

「そんなの腹を痛めることのない、うちでもわかるわ」

今も戦っているリヴェリアの代わりに、笑いながら答えた。

「子は巣立つものや。神(おや)も見通せない、可能性の世界に。……あの子達はみんな、自分の居場所を求めて旅する『冒険者』や」

はっと声を失って、ラーファルは呆然とした。

何てことはない、独り立ちを決めたリヴェリアは、詠唱を加速させる。

「【吹雪け、三度の厳冬――終焉の訪れ】」

三度目の『魔法』の行使。

強力な砲撃が暴力的なまでに精神力を貪り、リヴェリアの膝を折ろうとする。

『恩恵』を授かったばかりの身に迫る精神疲弊。

魔法種族のエルフといえど、身を弁えない『魔力』の酷使が全身から力を奪う。

意識が揺らぐ中、しかし、リヴェリアは呪文を紡ぐ唇を決して止めなかった。

「【間もなく、焔は放たれる。忍び寄る戦火、免れえぬ破滅。開戦の角笛は高らかに鳴り響き、暴虐なる争乱が全てを包み込む】」

【ステイタス】を発現させ、はしゃぐロキが、口を滑らせた第一階位のその先。

『詠唱連結』をもって攻撃魔法第二階位、『殲滅呪文』を手繰り寄せる。

「【至れ、紅蓮の炎、無慈悲の猛火。汝は業火の化身なり】！」

リヴェリアは歌うのを忘れ、叫んでいた。

自分を育てた森に別れを言い渡すように。

「【ことごとくを一掃し、大いなる戦乱に幕引きを】！」

嫌な記憶は沢山ある。

それに負けないくらい、良き思い出も沢山もらった。

せせらぎを奏で、葉擦れの音を鳴らし、今も引き止めようとする故郷に未練はないと言えば嘘になる。

しかし、リヴェリアは決めたのだ。

厳しい冬が全てを閉ざし、終末の炎があらゆるものを灰燼に帰したとしても。

どんな苦難が待ち受けていたとしても。

風と光に満ちる、新たな世界を目指すと。

「【焼きつくせ、スルトの剣――我が名はアールヴ】!!」

詠唱の最終節。

Lv.1にはありえない『魔力』を解き放ち、ハイエルフの王女は、己の意志を生まれ育った森に叩きつけた。

「【レア・ラーヴァテイン】!!」

一柱。

今のリヴェリアではそれしか召喚できない、たった一本の炎の柱。

しかし、それでもなお全てを焼き尽くす紅蓮の塊が、地面に展開された魔法円より解き放たれた。

『――――――――――――――――ッッッ⁉』

地面すれすれを抉るほどの斜角をもって、一条の火砲が『グリーン・ドラゴン』を捉え、穿ち、驀進した。

咄嗟に退避したフィンが瞠目する先で、紅炎の輝きが全てを呑み込む。

竜が耐えたのは、一瞬。

大地に根差した爪が引き剝がされたかと思うと、『グリーン・ドラゴン』の巨体はそのまま吹き飛び、断末魔の声を道連れにして、文字通り焼滅した。

「いけぇぇぇぇぇぇぇぇぇぇぇぇぇぇぇぇぇぇぇぇぇぇぇぇぇぇぇぇ‼」

気高き炎の嘶きは止まらない。

そのまま木々が重なる大壁を貫通し、全てを燃やしながら突き進み――凄まじい轟音を伴って、『アルヴの王森』に巨大な穴を開けた。

「リヴェリア様⁉」

杖を落とし、崩れ落ちる体を、駆け寄ったアイナが抱きとめる。

力を使い果たしたリヴェリアは……そこで『光』を浴びた。

「あ……」

視界の奥、火の粉が舞う森の先。

『魔法』が空けた大穴から、『地平線』から生まれる太陽が見えた。

『アルヴの王森』は無数の枝葉に塞がれ、空は見えない。葉々の隙間を縫って僅かに注ぐ陽光と月光が聖なる森に乱反射することで幻想の世界が作られる。

だから、これはリヴェリアが初めて見る朝焼けであり、『外の世界』であった。

「…………ぁぁ」

声を失うアイナとともにその光景を眺めながら、リヴェリアは静かに涙を溜めた。

一筋の滴が翡翠の瞳からこぼれ落ち、右の頬を伝う。

「……火が……」

魔法を解除したフィンは、炎が燃え広がることのない森に——天井の葉々と己の肩を濡らす無数の音に、驚嘆をあらわにした。

雨だ。

東の空が美しく輝く中、西の空に驟雨が訪れる。

あたかもハイエルフの門出を祝福するように、天の恵みが降り、炎をそそいでいった。

雨はやがて上がった。

火が消え、露に濡れた森はもう、何も言わなかった。

「父上……」

アイナの手から離れ、リヴェリアは振り向く。

立ちつくしていた父に向かって、口を開いた。

「私は、外の世界へ行きます」

頬に涙の跡を残しながら、己の想いを告げた。

「……嗚呼(ああ)」

ラーファルも初めて目にした日の出。

世界の一日の始まり。

その光景のなんと眩(まぶ)しいことか。

光を浴びながらたたずむ娘(むすめ)の姿は、一族の庇護(ひご)など必要ないほど、ただただ美しかった。

動きを止めていたエルフの王は、朝焼けに照らされながら、静かに目を細めた。

「勝手にしろ……馬鹿娘め」

和解は要らない。

決別はこれくらいがちょうどいい。

『親子喧嘩』の結末なんて、きっと、どの種族も一緒だ。

胸に過る万感を封じ込め、ラーファルは笑みだけを贈った。

リヴェリアもまた、もう何も言わず、こちらに背を向ける。

ラーファルは娘とその仲間を見送った。

聖なる森を抜け、外の世界に霞んで消えていく、その時まで。

「お、王……よかったのですか？」

一人取り残された王に、近衛の騎士が恐る恐る尋ねてくる。

よくはない。

よくはないが、これが正しいのだ。

ラーファルは穏やかな声で告げた。

「構わん。それより、早馬を用意しろ。書状を出す」

「ど、どちらにですか？」

ハイエルフの王は、澄んだ微笑みを見せた。

「世界の同胞達にだ」

「これが空！　これが平原！　見ろアイナ、外の世界だ！」

「はい、はい！」

ドレスをふわりと膨（ふく）らませながら、両手を広げ、リヴェリアがはしゃぐ。

王女という軛（くびき）から解き放たれ、幼い子供のように振る舞う彼女の姿に、アイナも涙ぐみながら笑った。

その光景に、フィンは肩を竦め、ロキはにししっと歯を見せた。

「やれやれ。我儘な王女様も、こうなると本当に子供みたいだ」

「ええやん、念願が叶ったんや。童心に戻るのに、エルフも小人族（パルゥム）も関係ないやろ？」

「……違いない」

ロキの言葉に、フィンもまた、小さく笑う。

平原を踊るように踏みしめる妖精達は無邪気で、まるで一枚の絵画のようだった。

しばらく微笑（ほほえ）ましそうに眺めていると、ロキはふと、思い立ったように口を開いた。

「ところで、聞きそびれてたんやけど……リヴェリアとアイナちゃんって年いくつ？」

「……？　私もリヴェリア様も、七十を越えたところですが……」

「えっっ⁉　ババアやん⁉」

「ババァと言うなぁ！」

アイナの返答にロキが素（す）っ頓狂（とんきょう）な声を上げた瞬間、はしゃいでいたリヴェリアが水を差されたように、勢いよく振り返った。

「ハ、ハイエルフは長寿なのだ！　他の種族から見れば年を重ねていたとしても、私達はまだ妙齢といえる年齢で……！　って小人族（パルゥム）、なにを笑っている‼」

耳まで真っ赤にするリヴェリアが、はしたなく、大声で、ギャーギャーと騒ぐ。

フィンは堪（たま）らず声を上げて笑った。

ロキも苦しそうに腹を抱えた。

アイナはうっすらと羞恥（しゅうち）に赤面しながら、しかしそれでも、やはり笑った。

一人怒る王女の声が、夜が明けた地平線に響いていく。

四人に増えた旅の道連れは、愉快な喧騒を伴って、始まりの朝焼けを進んでいった。

◆

後日。

ラーファル王から『御触れ（おふれ）』が伝えられた。

世界中のエルフに向けて。

『王女リヴェリアは里を発った。どうか祝福してやってほしい』

その一報に、エルフ達の間に激震が走り抜けた。

それと同時に、彼等（ら）彼女等（ら）は胸を震わせ、熱狂した。

一族の栄光と輝かしい未来を期待して、妖精の誰もが王女の旅立ちを歓迎したのである。

無論、王女が加わってやった【ファミリア】を襲う輩（やから）など出ることはなかった。


ある者は言った。

若き王女は見識を広げるために旅に出たのだと。

ある者は喜んだ。

世界に光をもたらすために決意したのだと。

ある者は打ち震えた。

偉大なる聖女セルディアのように、下界の悲願『古(いにしえ)の怪物』を討(う)つために立ち上がったのだと。


──だがそんなこと、今の彼女には知ったことではない。

地平線から昇る太陽。

黄金に輝く大平原。

駆け抜けていく清々しい風。

それらを全身に感じ、期待と興奮を胸に抱きながら、リヴェリアは相好(そうごう)を崩した。

「さぁ、まだ見ぬ世界へ」

その日、ハイエルフは旅立った。

三章

ドワーフの雄飛

Гэта казка іншага сям'і.

Гномы актыўныя з вялікімі памкненнямі,
нібы ўзляцець у неба.

「どぉこぉまぁでぇも～、穴を掘～るぜ～♪　オレたちゃドワ～フ、大地の子！」

今日も今日とて土いじり。

子分どもの下手くそな歌を聞きながら、陰気臭い坑道の中で穴を掘る。

鉱石はどこだ、宝石はあるか、銀脈は見つからないか。工具を振り上げては振り下ろし、岩を砕いては取り除き、顔を汗と煤まみれにしてお宝を探す。

全ては集落のため。

極貧の同胞を養うため。

金にがめつい商人どもに足もとを見られて買いたたかれようが、僅かにもならない大地の恵みを売り払う。

今までも、これからも。

「モ、モンスターだぁ！」

一気に高まる緊張も、唸る拳であっさり解決。

住み着いていたゴブリンどもは泡を食って逃げ出した。少し、期待していたのに残念だ。そんなことを考えてる自分を見つけて溜息が出る。亡骸からしっかり戦利品を引き剝がし、僅かにもならない金の足しに変えてやる。

いくら積み重ねても金袋は膨れない。

「すげえや、さすがガレスの兄貴！　兄貴がいるならオレ達の里も安泰だ！」

懐いている弟分に返すのは、おう、とどこか中身が空っぽな相槌。

歓声を上げる子分どもに背を向けて、黙々と鶴嘴を振り下ろす。

コーン、コーン――……。

低く響く音はまるで自分の心を叩くノックのよう。

日々が味気なくなったのは、いつからだろう。

あれほど美味いと感じていた酒が楽しみでなくなったのは、いつからだっただろう。

自分がやりたいことは、なんだっただろう。

「熱き、戦いを……」

確か、そんなものだったような気がした。


「これが他種族の町か！　見ろ、アイナ！」

行き交う馬車と人込みの前でリヴェリアは興奮の声を上げた。

「ええ、とても雑多で、喧騒が酷く、ですが熱気に溢れていて……里では決して見られない光景です……」

その侍従もまた王女の振る舞いを注意することも忘れ、見惚れている。

彼女達のその姿に、フィンは微笑み、ロキはからからと笑っていた。

「町の名前は『カルーナ』。連日多くの旅人や商人が立ち寄っては出ていく宿場町さ。交通の要衝(ようしょう)というやつかな」

無数の宿がところ狭しと並ぶ光景はまさに宿場町の名に相応(ふさわ)しい。

フィンの説明通り、人の出入りが盛んで旅装姿の亜人(デミ・ヒューマン)達が目立つ。

大陸中部に位置するこの町は多くの道と繋(つな)がっており、近隣の他国・他都市へ移動するために数えきれない者がここを経由するのだ。

「よっしゃあ！　それじゃあ早速、リヴェたんの入団を祝って早速宴会(えんかい)としゃれ込むとするかぁ！」

『アルヴの王森(おうしん)』からリヴェリア達とともに発(た)ち、既(すで)に三日。

森の秘境から宿場町に帰還したロキは、念願の王族(ハイエルフ)を眷族(けんぞく)に加えたとあって意気揚々と片手を突き上げたが、

「ヒューマンに小人族(パルゥム)……あれはアマゾネスか！　そしてあっちに見えるのが噂(うわさ)に聞いていた獣人！　あれは犬か、いや狼か⁉」

「お、落ち着いてください、リヴェリア様！　いくらここは里ではないとはいえ、王族としてもっと自覚のある行いをっ……あっ、あんな食べ物、見たことない。不思議な香り……」

「彼女達、聞いてないよ、ロキ」

「…………」

拳を振り上げるロキを無視し、リヴェリアやアイナは目抜き通りの光景に夢中だった。すれ違う馬車や人々に目を輝かせ、路傍に並ぶ出店の料理、工芸品に興味津々となって顔を頻りに振る。

虚しく固まる主神を横目に、小人族の眷族はリヴェリアを窺った。

「王家お抱えの行商以外、他種族の者を目にしたことはなかったが……。これが異文化交流、いや異国情緒か！　最初に王森を出た彼の聖女も、このような気持ちだったに違いない！」

こんな顔もできるのか、と。

フィンがそう感心するほどに、リヴェリアは白皙の頬を上気させ、破顔していた。

何もかもに目移りする今の彼女は、お上りというより無邪気にはしゃぐ子供のようだった。自分も幼い頃、山に囲まれた村から都に連れていってもらえたら、あるいはこんな顔を浮かべていたのかもしれない。

(とはいえ、ただの村人である僕と違って……高貴な生まれの彼女は酷く目立つ)

町の光景に目を奪われっ放しのリヴェリア達は、周囲の注目を存分に集めてもいた。

彼女達の側をすれ違い、はっと二度見しては他の通行人にぶつかる者が続出する。中には手綱の操作を忘れてあわや大惨事になりかけた馬車の御者までいた。

既に召し物を着替え、他の者達と似たり寄ったりの旅装姿になったにもかかわらず、リヴェリアの美貌（びぼう）は異彩（いさい）を放っていた。比喩（ひゆ）ではなく、この町にいる誰よりも彼女の容姿は整っている。それこそ女神達よりも、だ。彼女の侍従であるアイナもそもそもエルフの中で飛び抜けた美女である。

いくらはしゃいだところで所作の一つ一つが下々の者とは異なり、良くも悪くも浮いてしまっている。

王族（ハイエルフ）の血は異種族の垣根を超越して、こんなところでも力を発揮した。

「くぅ～！　うちのリヴェたんをじろじろ視姦（しかん）しおって～！　ってゴラァ！　そこの誰とも知らん糞神（クソガミ）ィ！　なにうちの眷族を勧誘（スカウト）しとるんや、ブッ飛ばすぞワレェ⁉」

リヴェリア達を見ては近付く輩（やから）に怒り散らすロキも、周囲の関心に拍車をかけてしまう。

これはまずいな、とフィンは呟（つぶや）いた。

他種族だけでコレだ。

もし同族（エルフ）とばったり出くわしてしまったら——などと思っていた矢先。

「……あ、あのっ！　もし？」

道の端にいた耳長の者達が、意を決して人ごみをかき分けてきた。

「ぶ、無礼を承知でお尋ねしますが、その翡翠（ひすい）の髪と瞳……もしや貴方様は、さる高貴のお方では？」

「むっ、私は……」

片膝をつこうかというほどに姿勢を低く、自分の目の前までやって来たエルフの青年に、リヴェリアは咄嗟に言葉に詰まってしまった。

そしてそれが致命的となった。

「リヴェリア様、リヴェリア様ではありませんか⁉」

「我々は以前、聖王樹のもとへ巡礼した者です！　貴方様にもお会いしました！　覚えていらっしゃいませんか⁉」

「王女がここにおられるということは――」

「我らの王が出されたという、例の御触れは真だったか⁉」

「おお、なんたる光栄……！」

「リヴェリア様ぁー！」

「どうか、どうかご尊顔を！」

あっという間に、取り囲まれる。

話を聞きつけ、男女入り交じった見目麗しい同胞の者が殺到したのだ。

旅人や狩人、吟遊詩人、果てはとある王国の騎士まで。

通りのど真ん中だというのに、立場や所属の垣根など越えて、エルフの集団が形成されてしまう。

これに目を白黒させるのは輪の中心にいるリヴェリアだ。皮肉にも『王族が森の外に出ることの意味』を説き続けていたラーファル王の懸念通りの展開となる。

長い間、この宿場町を拠点にしている行商達も遠巻きにこんな光景は見たことがないと、唖然としていた。

「ま、待てっ、私はもう王森とは縁を切って……！　だから迫るな……！　ああっ⁉」

「リ、リヴェリア様ー⁉」

「アイナー⁉」

王族という己の価値を自覚していなかったリヴェリアが、群がるエルフの波の奥に消える。離れ離れとなったアイナの悲鳴が響くのはすぐだった。

騒乱もかくやといった景色を一歩離れた場所で眺めるロキは、わーお、と無責任に口を開けるだけだった。

フィンはというと、その小さな片手で顔を覆った。

「……少し、静かな場所へ移動しようか」

吐息をついて小人族の少年は言った。

主神から異論はなかった。

「同胞達の信仰を、甘く見ていた……」

それが疲れ切ったリヴェリアの開口一番の言葉だった。

エルフの包囲網をようやく脱出し、辿り着いたのは町の中でも場末の酒場。

四人掛けのテーブルで王女は今にも卓の上に倒れ伏しそうだった。

偉大なる聖地、王族の森に閉じこもっていたハイエルフが外の世界に旅立つことがどれほど衝撃的な出来事なのか、彼女は身をもって理解したのである。

「私の失態です……リヴェリア様を支える身として、情けない限りです……」

「いや、アイナのせいではない……これは私が……」

王女と同じく認識が甘かったアイナも、目を回しながら憔悴していた。

思いがけず外界の洗礼を浴びたエルフ達に、ロキはけらけらと笑って椅子を漕ぐ。

「うちらもびっくりしたわー。エルフって、ほんま同族意識が強いんやなぁ」

「中でも特別だと思うけどね、さっきのアレは。とりあえず、何とか振り切れてよかったよ」

「あぁ、その点は礼を言っておく……助かった」

対面に座るロキとフィンに、リヴェリアは素直に感謝を告げる。

まだ出会ったばかりだが、矜持の塊であるハイエルフが礼をするとは珍しいことだと、フィンはほんのちょっぴり感動していたが、

「しかし……移動先はどうにかならなかったのか？　ここが酒場だと聞くまで、私は家畜小屋

だと勘違いしたぞ。いや、王森(おうしん)の厩舎(きゅうしゃ)の方がまだ住み心地がいいだろう」

　品よく眉(まゆ)をひそめながら痛烈なダメ出しするリヴェリアに、やはり王女殿下であらせられると苦笑した。

「この不潔な内装……酒場というより、もはやうらぶれた廃屋(はいおく)ではないか」

「他種族が溢れるこの町で、エルフが一人もいない、という店は早々ないさ。それこそ、今(いま)君が顔をしかめているように、よっぽど生理的に受け付けないような場所じゃないとね」

　注釈(ちゅうしゃく)をつけるとしたら『場末も場末の酒場』といったところだろう。

　まるで虫食いが進んでいるように木張りの床や壁はボロボロで、テーブルや椅子までギシギシと絶えず音が鳴っていた。客も客で一様にみすぼらしい格好をしており、小人族(パルゥム)やドワーフが大半。長台(カウンター)内の店主(ヒューマン)は見るからにごろつきと言った風の容貌(ようぼう)をしている。清潔かつ瀟洒(しょうしゃ)な王城で暮らしていたハイエルフにとっては、ある種これも文化的衝撃(カルチャーショック)だろう。

　片手で口もとを覆うリヴェリアを他所に、「うちはこういう、いかにもな酒場も好きやけどなー」とロキはお気楽そうにと言った。

「この宿場町(カルーナ)には長く居座らない方がいいね。君達は注目を集め過ぎる」

「致し方ないか……里にいた時よりも好奇の視線に晒(さら)されるのは、私も不本意だ」

「リヴェリア様、どうか同胞達を邪険に突き放すことはしないであげてください。彼等にとってはリヴェリア様と接すること自体、栄誉なのですから」

フィンの提案にむっつりと頷くリヴェリア。

既に同胞達の反応に辟易している王女を、眉尻を下げて笑うアイナが、なだめる。

それから四人は簡単な料理を頼んだ。

ささやかな入団祝いを開きがてら、今後の方針を話し合うためだ。

「そういえば、お前達の旅の目的を聞いていなかったな」

「ん〜、うちにはうちの、フィンにはフィンの考えがあるんやけど……まぁ端的に言ってしまえば、『うちの考えた最強のファミリア』が天下を取る！　ちゅう感じ？」

本当に簡単にまとめてしまうロキにフィンは笑い、「なんだそれは？」と文句を言いたげなリヴェリアに説明する。

ロキとの利害関係や、一族の再興を求める自分の野望を含めて、全て。

あらためてフィンの覚悟を聞いたリヴェリアは、神妙な顔になった。

その表情には『たかが小人族』と侮る色はもう見られない。

「リヴェたんは世界中を旅したいんやろ〜？　うちらもあちこち放浪するつもりやし、色んなものを見れるで〜」

「気味の悪い呼び方をするなと言ってるだろうっ。……なし崩し的に同行する羽目になったが、森を出る際の借りを返した暁には、私は出ていくからな。一年経てば【ファミリア】の移籍も、退団も可能なのだろう」

「え〜っ、そんなぁ!?　うちと交わした愛の誓いはどこにいったんやー!?」

「誰がお前と愛の誓いを交わした!!」

「落ち着いてください、リヴェリア様！」

ロキの洗礼を受けているなぁ、と他人事のように思いつつ、フィンは口を挟む。

「リヴェリア、『ダンジョン』は知っているかい？」

「……無論だ。世界三大秘境の一つ、その中でも未だ明かし切れない『未知』が眠る、大陸最果ての地下迷宮。迷宮都市オラリオが『世界の中心』とも呼ばれる所以だ」

「その通り。そして君がまだ見ぬ世界を求めているというのなら、彼のダンジョンは最たるものじゃないかい？」

「…………」

フィンの指摘に、リヴェリアは黙りこくった。

それを肯定ととったフィンは言葉を投げかけていく。

「僕とロキの最終的な目的地は『迷宮都市オラリオ』だ。君は知的好奇心を満たすために僕達を利用すればいい。気に食わなかったら途中で出ていけばいいしね。どうだろう？」

「……いいだろう。確かに私とお前達の利害は一致する。それまでは付き合ってやる」

リヴェリアは現状の損得を考え、フィンの提案を呑んだ。

己が外界に対して不慣れという自覚もあったし、何よりフィン達といればアイナを危険にさらさないという信頼にも似た確信があったからだ。

そしてフィンもまた、リヴェリアのそんな打算を見通した上での『折衷案（せっちゅうあん）』であった。

彼女の魔導士としての才能を一度見てしまえば、手放してしまうのはあまりにも惜しい。それこそ勇名を轟（とどろ）かせる【ファミリア】には不可欠な存在だ。

当初はあれほどハイエルフの入団に難を示していたフィンは、あっさりとリヴェリアを囲う方向に方針転換（シフト）していた。今は退団の時期を遅らせるだけでいい、苦楽をともにすれば仲間意識も芽（め）生（ば）えるだろう、と。

無論、そんな腹の内はおくびにも出さなかったが。

今はまだ若い小人族（パルゥム）は、どこまでも貪欲であった。

「出た〜。フィンの澄まし笑顔を貼り付けた狡（こす）い話術〜。あれでこれから沢山の子を丸め込んでは騙していくんやな〜。野望のためなら何でもする、鬼畜小人族（パルゥム）や！」

「彼……ディムナ様は、小人族（パルゥム）であるのにあれほど自信に満ちていて、すごい御方（おかた）ですね」

握手こそしないものの一蓮托生（いちれんたくしょう）に合意するフィン達を横目に、ロキとアイナはこそこそと囁（ささや）き合（あ）う。

「ところで……聞くのも今更なんやけど、アイナちゃんはええんか？　リヴェリアの御付（おつ）きとはいえ、ホイホイと話（はなし）進んどるけど」

「はい。私はリヴェリア様が行くと決めたならどこまでも付いていきます。……それに、リヴェリア様は貴方達とともにいた方がいいと、そんな気がしているのです」

奇しくもアイナもリヴェリアと同じ思いだった。

朗らかに笑う様はリヴェリアへの友情と愛情、両方を感じさせる。

いい娘だ。

ロキは素直にそう思った。おっぱいも大きいし。おっぱいもやわらかそうだし。

少々お転婆なリヴェリアより、礼儀正しく楚々としている彼女の方がまさに深窓の令嬢のようだ、とロキはたちまちゲスい笑みを浮かべる。

「なぁあぁ、やっぱりアイナちゃんもうちの【ファミリア】に入らん～？　悪いようにはせぇへんで～。最終的にお風呂でうちと乳繰り合う仲になれれば――」

「アイナに手を出すなと言った筈だ！」

「――グハァ⁉」

「リ、リヴェリア様ー⁉」

瞬時に抜かれた長杖がロキの額に炸裂する。

「この節操なしの神めっ、今度アイナを惑わそうとしたら金輪際縁を切るからな！」

「あ～ッ、すまんっすんませんっリヴェリアさま～んっ！　もう浮気なんてせぇへんから～！うちはリヴェたん一筋やから～～っ‼」

「何が浮気だ馬鹿者！　気持ち悪い！　本当に気持ち悪いぞ、貴様‼」

平謝りするロキにリヴェリアの怒りは募るばかりだった。

より騒がしくなったテーブルに、フィンはやれやれと注文した安酒を口に含む。

（――これが【ファミリア】。旅の道連れか）

そんな風に、打算とは無縁の位置で一笑を漏らしながら。

「話を戻すけど……差し当たっては【ファミリア】の増強、新団員の獲得かな？」

「今度は獣っ子や――！　めっちゃ可愛いケモミミ娘で決まりっ！　間違いナシや――！」

「主神がこれで本当に大丈夫なのか、この【ファミリア】は……」

美女美少女の獲得に余念がないロキと呆れ返るリヴェリアを無視しつつ、フィンは派閥の団員を増やしていきたい旨を語る。

後衛である魔導士、中衛寄りの遊撃手が揃った以上、あと一人強力な前衛がいれば理想的な三人一組が完成する。

【ロキ・ファミリア】の名を揚げる上でも、フィンは可及的速やかに『三人目』が欲しいと考えていた。

「ちっ、何が最強の【ファミリア】だ……」

「世間知らずのハイエルフを連れてるからって、いい気になりやがって……」

そんな話をしていると、別のテーブルを囲っていた客が、聞こえよがしに悪態を吐いた。

「……聞こえているぞ、貴様等。貴重な時を安酒に費やす堕落した者どもめ」

余所者達の会話に反応したのは、ヒューマンや小人族を始めとした酒場の常連だった。

日夜このような場末の酒場で飲み明かす彼等にとっては、野望や夢に邁進する【ロキ・ファミリア】は神経を逆撫でしてしょうがないのだろう。今の今まで我慢していたのだろうが、彼等の棘のある物言いに、潔癖のきらいがあるリヴェリアが過度に反応してしまう。

こんな肥溜めにハイエルフが何の用だと言わんばかりの客の視線に、いちいち突っかかろうとする彼女を、フィンはアイナと一緒になだめた。

ロキも酒の味が個神的に合わなかったのか、さっさと勘定を済ませた。

すっかり不機嫌となったエルフの姫を連れて店の扉をくぐる。

「あぁ!? なんで俺達の島にエルフがいやがるんだ!」

ちょうど、その時だった。

フィン達とは逆に、酒場へ入ろうとする者達と相対してしまったのは。

フィンは眉をひそめてしまった。

何故なら相手は、ドワーフの集団だったからだ。

「……エルフの私がどこを利用しようと関係あるまい。そもそも貴様等こそなんだ。暑苦しい上にこの体臭、ドワーフは身を清める文化さえないのか」

「なにぃ!?」

予想違わずフィンの予感は的中し、リヴェリアは、はっきりと嫌悪をあらわにした。

酒場で気分を害した反動もあるだろう。

だが何よりは、互いを潜在的に忌み嫌っているエルフとドワーフというのが致命的だった。

「てめえ等エルフこそ人形みたいな顔をしやがって！　お高くとまってるんじゃねえ！」

「短い手足を振り回して騒ぐな。耳に障る」

「リ、リヴェリア様っ、いくらドワーフ相手とはいえ、そのような暴言は……！」

やり過ごすということを知らない王女に、フィンは天を仰ぎたくなった。

アイナは慌てて説得しようとするも両者の口論は止まらず、神は面白そうに成り行きを見守るばかりだ。

（煤けた服に体、それに携えている装備からいって……炭鉱帰りの鉱夫だろうか？）

ドワーフ達の格好を見やって、フィンは相手方の職業を察する。

そこでふと、彼の碧眼は一人のドワーフにとまった。

（あのドワーフ……）

大きな鶴嘴を肩に担いだドワーフだった。

土の民らしく髭を蓄えており、鍛え抜かれた岩のような体は他の者より一回りも大きい。

上半身は袖なしの簡素な上衣一枚。腰に巻かれた重厚な革の帯には小型の角灯や嚢などが吊るされている。

今は口論するリヴェリアと仲間に土色の目を向け、心底くだらなそうに眺めていた。

集団中央の位置からして、彼が頭目だろう。

何故、そのドワーフに視線が引き寄せられたかは説明できない。

あえて言うならば——違和感があったのだ。

それこそ鉱夫の中に一人だけ、『戦士』が交ざっているような、そんな違和感が。

「オレ達鉱夫をいつも馬鹿にしやがってっ……！　この鼻持ちならないエルフめ！」

直後、言い争っていたドワーフが悔しそうに、背嚢に詰まっていた鉱石を投げつけてきた。

「きゃっ⁉」

ばらまかれた鉱石の塊が、アイナの肌に掠り傷を負わせてしまう。

そしてそれは、リヴェリアにとっての発火点だった。

傷付いた友の姿に彼女はくわっと眦を裂き、怒りの形相を浮かべ、持っていた長杖を薙ぎ払った。

「ぐえっ⁉」

フィンが制止する暇もなく、相手のドワーフを殴り飛ばしてしまう。

「恥を知れ、野蛮なドワーフども！」

「て、てめぇ⁉」

「やっちまえ！」

瞬く間に、エルフとドワーフの争いが始まる。

「リ、リヴェリア様⁉」

酒場の入り口前で繰り広げられる喧嘩騒(けんかさわ)ぎ。

他所(よそ)でやれ！　という店主(マスター)の声はおろか、腕を押さえるアイナの声も届かない。

怒(いか)れるハイエルフは三人がかりの鉱夫相手に素早く立ち回った。

「はッ！」

「うおっ⁉」

『恩恵』を授かっているリヴェリアは亜人(デミ・ヒューマン)の中で最も高い膂力(りょりょく)を有するドワーフに一歩も引けを取らなかった。長い杖の射程(リーチ)を活(い)かして、組みつかれる前に胸を突くか、殴り飛ばしてしまう。お転婆な王女が弓と並んで修得していた杖術(じょうじゅつ)だ。嫌悪と怒りによって容赦(ようしゃ)が欠片(かけら)も存在しないのだから始末に悪い。筋骨隆々(きんこつりゅうりゅう)のドワーフが酒場の外に転がっては悶絶(もんぜつ)している。

いよいよ頭痛を催(もよお)すフィンは、「うほー！　ヤレヤレー！」などと囃(はや)し立(た)てているロキには何の期待もせず、間に入ろうとした。

「いけ好かないエルフが」

だが、それよりも速く。

それまで傍観(ぼうかん)していたドワーフの頭目が、動いた。

——『神の恩恵(ファルナ)』は下界の住人の潜在能力を解放する。

向上した能力に油断や過信があったのは間違いない。リヴェリアといえどだ。

しかしそれを差し引いても、そのドワーフの行動は『剛胆(ごうたん)』の一言につきた。

「なっ⁉」

勢いよく払われた長杖を素手で摑み取(つかみと)り——あまつさえリヴェリアの体ごと、床に叩(たた)きつけたのだ。

彼女が短いと侮辱(ぶじょく)した、その片腕一本で。

「リヴェリア⁉」

フィンもその怪力に目を疑(うたが)った。

ドワーフは止まらない。

歯を食い縛(くいしば)って立ち上がろうとするリヴェリア目がけて、その拳(こぶし)を撃ち出そうとする。

槍(やり)を打ち捨てるフィンは身を翻(ひるがえ)し、盾のごとくリヴェリアを庇(かば)い、迫りくる拳を防いだ。

「———」

瞬間、衝撃が来た。

構えたフィンの右腕はドワーフの拳を押さえることができず、リヴェリアもろとも後方、酒場の壁まで吹き飛ばされた。

客のテーブルや椅子を巻き込んで、派手に、豪快な音を立てて。

「フィン⁉」

「リヴェリア様ぁ⁉」

目の色を変えたロキとアイナの叫喚。

酒場にいた客があっという間に騒然となる。

「ごほっ、かはっ……⁉」

「っ……すまない、リヴェリア……」

フィンを抱きとめる形で壁に叩きつけられたリヴェリアが、何度も咳き込んだ。

右腕を押さえるフィンも苦痛に眉を歪めつつ、自分達を吹き飛ばした相手を見る。

髭を蓄えたドワーフの男は、やはりつまらなそうにこちらを見つめていた。

「またやりやがったな、ロンザのドワーフども！　あれだけ言ったのに騒ぎを起こしやがって！　帰れ、帰れ、帰れ！」

真っ先に怒鳴り散らしたのは、酒場の店主。

店の備品を破壊され怒り狂う彼を見やって、件のドワーフは溜息をつく。

「……先に手を出したのはこっちだ。その非は認める。だが、そのエルフにはもう少し加減というものを覚えさせせろ」

口の方も力の方もな、と。

そう付け加えるドワーフは、涙や鼻血を垂らしてすっかりのされている子分達を一瞥した。

ここまでされて引っ込んでは一族としても示しがつかない——だから撫でさせてもらった——

——そう言外に告げる男に、フィンの碧眼は見張られるばかりだった。

「き、貴様……！」

「もうやめておけ。これで痛み分けだ。……帰るぞ、お前等」

低い声でそう告げるドワーフに、顔を真っ赤にするリヴェリアは反論しようとするも、苦悶する体がそれを許しはしなかった。僅かな呻き声が漏れるだけだ。

ロキとアイナが慌てて店の奥、フィン達のもとへ向かうのを他所に、ドワーフの男は倒れた子分達を叩いて、立ち上がらせる。

「さ、さすがガレスの兄貴！　生意気なエルフなんて敵じゃねえや！」

「馬鹿野郎、ヨーグル。お前のせいで店を出禁になった。反省しろ」

「いでぇ!?」

リヴェリアと言い争っていた、まだ若いドワーフの頭頂に鉄拳を落とし、ガレスと呼ばれた男は去ろうとする。

そこでフィンは立ち上がり、声を投じていた。

「待ってくれ！」

「なんだ？」

「……こちらにも非があった。だから、お詫びをしたい。君が所属している【ファミリア】を教えてもらえないだろうか？」

ガレスと呼ばれたドワーフに咄嗟にそう述べると、相手はくだらなそうに鼻を鳴らした。

「【ファミリア】なんぞに入ってはいない。俺達がただの鉱夫だと見ればわかるだろう、小人族の小僧」

その言葉は、半ばフィンが予想していた通りのものだった。

しかしフィンは、その答えに対して滲み出る笑みを抑えることができなかった。

不敵に笑う小人族の少年に、ガレスは眉を怪訝の形に曲げたが、すぐに興味を失ったようだった。

子分達を引き連れて、その場を後にする。

「リヴェリア様、大丈夫ですか⁉」

「あ、ああ……すまない」

「とんでもないドワーフやったなぁ。怪我ないか、フィン、リヴェリア？」

胸を押さえながら立ち上がるリヴェリアをアイナが支える中、フィンは告げた。

「あのドワーフ、仲間にしよう」

一瞬の空白。

支えられるリヴェリアは中途半端な体勢のまま固まり。

彼女に寄り添うアイナも目を点にして。

こっそりリヴェリアの美尻に手を伸ばそうとしていたロキもまた、滑稽な姿勢で時を止めた。

「「はぁ⁉」」

間もなく、リヴェリアとロキは素っ頓狂な声を上げた。

「ふざけるな！　どうしてあんな野蛮なドワーフなど！」

「うちも仲間にするんなら可愛い女の子がええー！　可愛い女の子じゃなきゃ嫌やー！」

フィンの突然の爆弾発言に猛抗議するリヴェリアとロキ。

顔を真っ赤にする王女にアイナがあわあわと右往左往する中、フィンは落ち着いた声音で論破を開始した。

「リヴェリア。野蛮というなら、君の先程の行動も短慮だったと言わざるをえない」

「ぐっ……⁉」

「ロキ。貴方の嗜好には口を挟まない、だが僕の野望も邪魔させない。そういう条件だっただろう？」

「うぐっ……⁉」

突きつけるのは客観的な事実と、眷族になる際に結んだ契約内容。

反論をあっさりと封じ込められたリヴェリアとロキは、仲良く言葉に詰まった。

「二人とも、あの怪力を見ただろう？　間違いなく彼は強い。傑物の類だ」

「それはドワーフだから、とちゃうんか？」

「いや、修行僧のもとにいた時、ドワーフとも手合わせしたことはあったが、ああまで出鱈目じゃなかった」

見てくれ、と言って裾をまくってみせる。

くっきり痣ができている小人族の細腕は、今も痙攣していた。

リヴェリア、アイナ、ロキは揃って瞠目する。

「しかも、あのドワーフ……リヴェリアに拳を放った時、寸止めしようとしていた。僕が割り込んだ結果こうなってしまったが、それでもこの威力だ。凄まじいよ」

末恐ろしいのは、あれで神々から『恩恵』を授かっていないということだ。

まさにあのドワーフは生粋の『戦士』である。

いち鉱夫として終わっていい存在ではないほどの。

「杖を受け止める時の立ち回りも、目を見張るものがあった。僕は、彼が欲しい」

己の覚悟と野望を口にしてはばからない小人族は、まるで英雄譚に目を輝かせる少年のように願望を口にした。

その後しばらく、リヴェリア達は大いに騒ぎ、酒場の者達から傍迷惑そうな視線を集めに集めたが、団長の強い意志を誰も翻すことはできなかった。

【ロキ・ファミリア】はひょんな邂逅から、一人のドワーフの勧誘に乗り出すこととなった。

「ドワーフのガレス、か……」

その名を口にするフィンは、無意識のうち笑みを浮かべるのだった。


勧誘を決定したフィン達の行動は早かった。

正確には、フィンの動きが迅速だった。

ちっとも乗り気ではないロキとリヴェリアを置いて、酒場の客や店主に情報を聞き出し——面倒臭そうな態度だった彼等はいいいいい気持ちばかりの金貨を握らせると途端に愛想良く喋り出し——フィンはドワーフ達の居場所を突き止めた。

宿場町から見て北にあった『アルヴの王森』とは真逆、南に向かった大山脈。

その麓の地下空間に築かれたドワーフ達の集落『ロンザ』。

そう呼ばれる村が、彼等の拠点だった。

「うおー!?　見事にドワーフばっかりやー！」

「地下都市、とまでは言えないが……少なくとも集落の言葉じゃ収まりきらない。いやはや、これはすごいな」

土が剝き出しの長い地下道を下りきり、広がった景色に、ロキとフィンは驚嘆した。

それは不承不承で付いてきたリヴェリアと、彼女に付き添うアイナも同じだった。

「ドワーフが、こんな共同体を築いているとは……」

「このような場所、一体どのようにして作り上げたのでしょう……」

広大な地下空間は、街がすっぽり収まってしまうほどの規模がある。

頭上は一〇M(メドル)以上の高さがあり、地下特有の息苦しさは感じられない。

建物は全て特殊な岩石でできており、エルフの森と並んで『大地の妖精郷』などという言葉も浮かぶほどだ。

周囲を歩き回るのは洗濯籠(せんたくかご)を抱えた主婦の集団、髭を蓄えた職人と思しき男達、元気に駆け回る子供達など、ドワーフのみであった。

何より、貧しさを感じながらも誰の表情も明るく、活気がある。

身なりが汚れている者は確かに多い。

「集落そのものは決して裕福じゃなさそうだけど……彼等はたくましく生きているようだね」

だが道行く先々の路傍(ろぼう)で工具や備品を打ち直していたり、ありあわせの素材で靴(くつ)を作っていたり、いわゆる職人気質の者が多いと言われるドワーフらしく自給自足を体現しているようだった。

高い岩盤の天井に取り付けられた光球――旧型かつ大型の魔石灯(ませきとう)が、集落の中で最も高価なのは明らかで、きっと商人を通して中古のものを譲(ゆず)ってもらったのだろう。今も天井から縄(ロープ)で垂れ下がる職人(ドワーフ)が修理しており、ずっと以前から大切に使っていることが窺(うかが)えた。

土と岩に囲まれたドワーフの共同体。

エルフや小人族(パルゥム)とも異なる、大地の種族の集落と言うべき景観にフィンは笑みを漏らし、リヴェリアは『まだ見ぬ光景』から来る興奮を必死に隠すように、ぴくぴくとその細長い耳を揺らした。

「ねぇ……お兄ちゃんたち」「おにいちゃんたちー」

「ん？」

「旅の人？」「ひとー？」

洗濯やら子育てやらに忙しい主婦達、仕事に集中している職人を、通りを歩きながらフィン達が眺めていると、双子と思しき子供達が小首を傾げながら声をかけてきた。

フィンより少し身長が低く、くりくりと小ぢんまりしたドワーフの姉妹だ。

小さな背丈とまるで団栗(どんぐり)のような体型もあって、酷(ひど)く可愛らしい。

「こ、この愛玩動物(ハムスター)的な愛くるしさは……⁉　正直言ってドワーフの女の子は微妙な境界線(ライン)やなぁーと思っとったけど、うちの神意が今にも揺らごうとしておる……！　下界、凄まじき場所や！」

「あの、ロキ様の様子が……」

「発作(ほっさ)みたいなものだから構わなくていいよ」

ハァハァ言いながら胸を押さえるロキを慣れ切ったように無視するフィン。

汗を流すアイナを他所に、彼は姉妹の目線に合わせて笑いかける。

「ガレス、というドワーフに会いにきたんだ。君達、知っているかい？」

「あんちゃんだ！」「ちゃんだー」

「もしよかったら、会わせてくれないかな？」

「うん、いいよ！」「いいよー」

茶色の髪を跳ねさせながら、姉妹は喜んで案内を始めた。

しっかり答えるのが姉のナルルで、舌ったらずなのが妹のノルルと言うらしい。

円らな瞳とまんまるの頬、更にドワーフの民族衣装の上に貫頭衣を来た姿はなんとも微笑ましく、いじらしかった。

そんな彼女達の後に付いていっていると、リヴェリアがふと遠い目をする。

「こんな愛らしい幼子が、あのようなむさくるしいドワーフになるのか……。生命の神秘、いや残酷な運命を背負わせる神々は、なんて惨い真似をするのだ……」

「女性は男性のドワーフのようになるわけではありませんから！　髭も皆さん生やすわけではありませんからっ！」

この旅の中ですっかりつっこみ役が定着してしまったアイナが一族の王女に言って聞かせるうちに、フィン達は目的の人物のもとへ辿り着いた。

「……お前等は」

寂れた石造りの一軒家。

その前で、あのガレスというドワーフは工具を整備していた。

訪れたフィン達に、その土色の目を開く。

「やぁ、先日はすまなかったね」

「……何しに来た。そこのエルフが騒いで、仕返しにでも来たのか？」

むっ、とリヴェリアが片方の眉を上げる前に、フィンは笑みを投げかけた。

「君を【ファミリア】を誘いに来た、と言ったらどうする？」

その言葉に、視線を手もとに戻そうとしていたガレスは、再び顔を上げる羽目になった。

まじまじと、今も笑みを浮かべる小人族を見つめる。

そして、鼻を鳴らした。

「馬鹿な小僧め、誰が入るものかよ。そもそも俺を誘う前に、後ろで不満面を浮かべているそのエルフをなんとかしろ。いや、世間知らずで威張ることしかできない王女を、か？」

里を旅立った王族の情報を宿場町で知ったのか、ガレスは不服そうな態度を隠そうともしないリヴェリアを皮肉った。

むっつりしていたリヴェリアはかっと赤くなり——権威と誇りの奴隷などという彼女にとって最も我慢ならない侮辱を受け——激昂した。

「私とて、がさつで野蛮なドワーフの顔など拝みたくなかった！　言葉を用いず、すぐに暴力で訴(うった)えるような輩(やから)とはな！」

　派手に殴り飛ばされた酒場の一件をまだ根に持ち、責め立てた。

　すっかり頭に血が上り、偏見から来る差別感情までもが口を衝(つ)いて出る。

「そもそもこんな陰気臭い里、足を運びたくもなかった！　最低限の品性もない一族の棲家(すみか)など！」

「……ならば出ていけ。高慢なエルフが踏み荒らしていい場所ではないわ」

　はっきりと里を見下す王女に、ガレスは目を鋭く細め、吐き捨てる。

　リヴェリアはなおも売り言葉に買い言葉とばかりに言い返そうとするが、

「お姉ちゃん、この村……嫌い？」「きらいー？」

「あ……いや、わ、私は……」

　くいっと服を引かれ、幼い姉妹に見上げられ、声に窮(きゅう)してしまった。

「まぁまぁ」と言ってロキが、「落ち着いてください、リヴェリア様」と告げてアイナが落ち着かせる中、フィンが会話の相手に戻る。

「彼女をなんとかすれば、少しは考えてはくれるかい？」

「ふん、御免(ごめん)だ。俺はこの村のために生きて、死ぬ。そう決めている」

　今すぐ帰れ。

　そんな言葉を残して、ガレスは家の中に戻ってしまった。

冷たく閉じられた扉を、すっかり意固地になってしまったリヴェリアが睨みつける。

「振られたなぁ。どーするんや、フィン？」

「ンー、まぁ最初が最初だったからね。すんなり行くとは思ってはいなかったよ」

こちらの要望を一方的に伝えるだけで終わってしまったし、とフィンはロキに答える。

「しかし、これは思ってたより手強そうだな……」

取り付く島もなかったドワーフの背中を思い出しながら、少年は考えに耽った。

◆

そして、予感は的中した。

『ロンザ』への滞在を決め、足繁くガレスの住まいへ通ったものの、彼はフィン達の話を聞こうともしなかった。無視は当たり前で、仕事もないのに鉱山へ行ってしまったこともある。

親分がそんな態度だから、当然その子分達も邪険扱いした。

そもそも最初の出会いが出会いだ、リヴェリアを中心に目の敵にする鉱夫達はフィン達を見ると騒ぎ立て、ガレスから遠ざけた。

そんな彼等を力ずくで黙らせるわけにもいかない。

日に日に鬱憤を溜めていくリヴェリアを抑えつつ、フィンの溜息の数は増えていった。

「いやー、ロキちゃん本当にいい飲みっぷりだねぇ！　見ていて気持ちいいよ！」

「ありがとー、おばちゃん！」

二階が宿泊部屋、一階が酒場となっている集落唯一の宿屋『土竜亭』。

気前のいいドワーフ夫婦が営むここに、ロキ達は厄介になっていた。

里に訪れたフィン達は、鉱夫を除けば意外や意外、歓待されていた。

というのも、山越えもできない大山脈の麓、抜け道もなく交通ルートに引っかからない辺鄙な場所に同胞以外が来ることはそうそうないのだそうだ。

好奇の視線はもとより、何か売りつけて金を使わせてやろう、という意欲はびんびんに伝わってきたが、それを差し引いてもドワーフ達のもてなしは温かかった。

「リヴェた～ん。そろそろ、ちょっと印象変わったんとちゃう～？　この里のドワーフのおっちゃんやおばちゃん、めっちゃいいヤツやで～」

「「やで～」」

すっかり酒臭くなっているロキがにやけ、酒場夫婦の娘、ナルルとノルルが笑顔で唱和する。

フィン達ほど熱心ではないハイエルフは、全く進捗が芳しくない勧誘に業を煮やし、『神の恩恵』を授かることで発現した『魔法』を何度も試し、詠唱や効果を確かめる修練の時間に当てていた――のだが、『ロンザ』のドワーフ達は良くも悪くも気さく過ぎた。

集落を出て、一人で修行するリヴェリアを『はぶられた可哀想なエルフ』と勘違いしたのか、とにかく世話を焼きまくったのだ。

リヴェリアは唖然とし、真っ赤になって憤慨するも、

「気になさんな！」

「ここではみんな助け合っていくんだよ！」

「長い手足を持ってるんだから、主婦達を手伝っておくれよ！」

と言ってリヴェリアに無理矢理仕事を与えては、引っぱり回した。

最初はぷりぷり怒っていたリヴェリアも、王族なんてことを歯牙にもかけないドワーフ達に、次第に口を閉ざしていった。彼女達には差別も区別も、崇拝も畏怖もなかったのだ。

そこにはリヴェリアが窮屈と言ってはばからなかった王宮にはない、他種族からの『友愛』があった。

「……私に偏見があったことは、認めよう。あのガレスとかいう野蛮な鉱夫はともかく、ドワーフ達にも話せる者はいる」

ナルルとノルルの姉妹に膝の上を占拠されているリヴェリアは、唇を思いきり曲げながら、一定の理解を示した。

しかしっ、と言って、ハイエルフの王女はその柳眉を歪める。

「あの外見は何とかならないのかっ。髭だけでも剃ればマシになるというのに……！」

「文化の違いってやつかなぁ。以前ドワーフの髭は、立派な者ほど賛美されるって文献を読んだことがあるよ」

唸るリヴェリアに、フィンは酒の肴をつつきながら苦笑する。

彼の隣ではアイナが――当初はエルフと文化が違い過ぎるドワーフの料理に顔を引きつらせていたが、すっかり味の虜になったのか――塩が利いた鯰の丸揚げをおそるおそるつまみ、瞳を輝かせていた。

そんな侍女兼知己の様子を瞥見しつつ、ドワーフの文化を理解してやりたいがどうしても受け入れがたい王族は、片手で額を覆いながら苦悩を滲ませた。

何もわかっていない姉妹のキャッキャッという無邪気な笑い声が、酒場に響いていく。

「しっかし……これで五日目。あのドワーフ、本当に頑固やなぁ～」

頭の後ろに手を組み、ロキが天井を仰ぐ。

言葉通り、村に滞在してそれだけの日数が経っており、フィン達は説得という名の勧誘を何度も失敗させている。

「でもまぁ、ここまで来たら、うちも何が何でも【ファミリア】に入れたくなってきたわ、あのドワーフ。女の子やないけど、負けっ放しは嫌やもんな～」

そこでロキは、朱色の瞳をすっと開く。

その表情は、美少女攻略の遊戯を楽しむ神のそれであった。

あのドワーフの引き込みに本格的に乗り出してやろうと、女神は不敵に笑った。

「んじゃ、作戦会議や。あのドワーフをどう攻略するか」

「私は反対だ」

「全てにべもなく断られていますよね。もう一言目には帰れで取り付く島もないですし……」

「私は反対だ」

「せめて腹を割って話せるといいんだけどね。彼が何を考えているのか知ることができれば」

「『うーん』」

「わ・た・し・は！　反対だ!!」

ロキ、アイナ、フィンは考え込み、リヴェリアはことごとく意見を無視され喚き散らす。

己の侍従にすら構ってもらえず顔を真っ赤にする彼女の膝の上で、すっかり懐いているドワーフの姉妹がやはりキャッキャッとはしゃぐ。

「ガレス・ランドロック……彼の人となりは、村の者達に聞いて大体わかったけど」

そこでフィンの視線が、リヴェリアの膝の上に座る姉妹、そして長台の奥にいる夫婦店主に向けられる。

「ガレスのあんちゃんは、とっても強いの！」「のー」

「若い頃は悪ガキでなぁ。危ねえって言ってんのに、山で悪さするモンスターを一人で何度も仕留めちまったんだ。近くの国で開かれた武闘大会では、優勝しちまうくらいでよ！」

「それが今では集落の一番の働き頭（はたらがしら）！　不良どもをまとめて、村のためにいつも鉱山へもぐってくれるんだ。宿場町（カルーナ）の連中にも一目置かれているし、村の誇りだよ！」

姉妹が笑う中、夫婦が酒や料理を運びながら武勇伝を語ってくる。

豪快に笑う彼女達に、アイナが思わず苦笑した。

「腕っぷしは強く、頑固だけど義理堅く、筋は通す……」

「んで、子分達の世話をするほど仲間思い……そんでジジくさい」

フィンとロキがこれまで聞いたガレスの情報を反芻（はんすう）し、まとめる。

「――ふっ。見えたで、フィン。あのドワーフを攻略する糸口が」

「へぇ？　どんな？」

間もなくニヤリと口端を上げるロキに、フィンが面白そうに尋ね返す。

何だかんだ仲がいいなぁ、とアイナが二人を観察しているのを他所に、女神は勢いよく立ち上がった。

「面倒なジジキャラを口説くにはこれしかない！　三顧（さんこ）ならぬ、『三娘（さんこ）の礼』やぁ!!」

後に【ロキ・ファミリア】で語り継がれることになる、ドワーフ攻略作戦の始まりであった。

ちなみにリヴェリアは、嫌な予感しかしない、と途轍（とてつ）もなく嫌そうな顔をしていた。

2

「ったく、なんなんだ、あの小人族（パルゥム）と女神の連中！」

地下集落『ロンザ』の中の酒場の一つ。

ガレスが率いる若いドワーフ達、鉱夫は酒をあおりながら銘々（めいめい）に騒いでいた。

「色んな【ファミリア】を見てきたが、あんなしつこい連中は会ったことがねぇ！」

「ガレスの兄貴を引き抜こうなんて、ふてぇ野郎どもだ！」

彼等の愚痴（ぐち）が向かう先は、無論フィン達【ロキ・ファミリア】だ。

すげなく断られているというのに、彼等の勧誘はとどまることを知らない。

子分達が騒ぐのを脇に、当のガレスが黙って酒を口にしていると――

「ぬっふっふっ……うちのこと呼んだかぁ～？」

「うおっ⁉」

どこからともなく現れた朱髪の女神に、ドワーフ達は仰け反（のぞ）った。

「て、てめぇ、なにしに来やがった⁉」

「酒場に来る理由なんて一つだけやん！　酒を飲みに来たんや！」

「コイツ、抜け抜けと……⁉」

客だから文句を言われる筋合いはないとばかりに速攻で酒を注文するロキ。

堂々とテーブルに転がり込んでくる女神に、ドワーフ達の額に青筋が走る。

「なぁなぁ、酒の飲み比べで勝負せぇへ～ん？　勝った方は負けたドワーフに何でもお願いできるっちゅう」

「ふざけんじゃねえや、調子のいいこと言いやがって！」

「ていうか俺達が負ける前提で話してんじゃねえ‼」

「女神でも許さねえぞ！」

「あ～、そか、怖いんやな～、うちに潰されるのが～。じゃあしょうがないなぁ～」

「「「なにィ⁉」」」

あっさり挑発された単細胞達（ドワーフ）は「上等だ！」「やってやる！」と息を巻き始めた。

ほくそ笑むロキの顔をしっかりと見ていたガレスは、おかしな流れになったと胡乱（うろん）な目つきをする。

だが彼も含めて酒豪であるドワーフ達は、自分達の勝ちを信じて疑っていなかった。

そして飲み合いが始まり、数時間後。

ガレスを除くドワーフ達は、全滅した。

「なんや、もう終わりか？　自分とこの子分、いいのは威勢だけやったな」

「……女神ではなく、蟒蛇（うわばみ）だったか」

「うぅ」とか「おぇぇ……」など突っ伏して呻（うめ）くドワーフ達の横で、ロキはけらけらと笑っている。酒を出していた酒場の店主も戦々恐々としているほどだった。

杯に口付けるガレスは正面に移動した彼女を睨んだ。

その瞳は酒気を帯び、若干据わっている。

「しかし、やるなぁ自分。うちと張り合うとは」

「ふんっ、この程度で音をあげるほどヤワなものか」

引き続き酒をあおり続ける二人の顔は、当然のように赤くなっていった。

そして酔いが回れば判断能力は鈍るもの。

今まで取り付く島のなかったガレスは、気付けば固く閉ざしていた口を開き、ロキと言葉を交わすようになっていた。

「うちは【ファミリア】を作るなら一番にならんと意味ないと思うとる。やるからには勝たなあかん！」

「当然だな。俺だってそうする」

ロキの話は、上手かった。あるいはそれは、話術というのかもしれない。

能天気で馬鹿馬鹿しく、お調子者。しかしどこかノリが良く、ガレスが何に興味を示したのかを見逃さない。今だって大言壮語をもってドワーフの闘争心をあおってくる。

まずいな、とガレスは思った。

いつの間にか神の術中にはまってしまっている。普段は口さえ利いてやらないというのに。

しかし自覚していても、絶妙な酩酊感がガレスをテーブルから離さない。まさに赤ら顔で、火遊びをしてしまっている状況だった。

何より、認めたくはなかったが、酒飲みとしての相性がガレスといい。

『以前のガレス』ならば、目の前の神と一緒に大きく口を開け、呵々大笑の声とともに、大いに馬鹿騒ぎをしていたことだろう。

「目指すは世界の中心、迷宮都市のトップや！」

「……迷宮都市、か」

指で天井を突くロキに、ガレスはぽつりと呟いた。

そこに羨望の響きが、かすかに込められていたことを、薄く開かれた朱色の瞳が気付く。

ガレスは僅かに――本当に一瞬だけ眼差しを遠ざけたかと思うと、すぐに何事もなかったように不敵な表情を作った。

「ふんっ、お前等の夢物語など知ったものか。それより、まだ続けるか？　俺はまだまだいけるぞ？」

半分強がりであったが、ガレスは少し面白くなってきていた。

喧嘩ではないにせよ、こうして己と存分に張り合う者が現れたのが久しかったからだ。

自分でも気付かぬうちに唇の端を上げ、杯を持ち上げてみせると、

「ん～……今日はもう、帰るわ」

「なに……？　もう諦めるのか？」

ロキから返ってきたその言葉に、拍子抜けしてしまった。

「いい感じで酔えたし……それにここでうちが勝ったとしても、自分を納得させて【ファミリア】に入ってもらわんと、な～んも意味ないからなぁ」

「…………」

「自分、酔っとる今も、ホンマに心を許しとらへんみたいやし」

無言になるガレスの前で、女神は席を立った。

ガレスはその時、確かに、少しの苛立ちと失望を覚えた。

煽るだけ煽って、自分を昂らせておきながら、あっさりと身を引こうとする神の身勝手さとやらに。

ガレスが押し黙っていると、ロキは不気味な笑い声を上げ始めた。

「ふっふっふっ……うちは第一の刺客に過ぎん」

「……？」

ガレスが怪訝に思うのも束の間、ロキはズビシッ！　と。

人差し指をこちらの鼻先に突きつけた。

「首を洗って待っとれよ、頑固者のドワーフ。絶対に攻略したるからな」

ただの酔っ払いが不気味にフラつきながら、決め顔で言い放つ。

「『三娘の礼』によって、自分を引き入れたる！」

ロキが酒場に乱入した翌日。

酔い潰れた若いドワーフ達は強烈な二日酔いに陥っていた。限度を超えてしまった地獄の苦しみは凄まじく、なんと本日の鉱山の仕事は休みとなってしまったほどだ。他の鉱夫は全滅してしまい、ガレスからしてみればいい迷惑であった。

が、ゆっくり一人きりになれる時間というのも久しぶりだった。

ガレスは夜になると集落を出て、山脈の中腹、見晴らしのいい崖に足を運んだ。

「図らずも、奴等のおかげでゆっくりできたか……」

うっすらと光り輝く月夜に、静寂に包まれる森。

蒼然とした夜の景色を眺めながら、一人で月見酒に耽る。

その時だった。

月を見上げる彼のもとに、近付いてくる気配があったのは。

「ドワーフにも、風情を楽しむ感性があるとはな」

リヴェリアである。

木々が作る陰から現れたハイエルフは、憎まれ口とともにガレスのもとまで足を運ぶ。

「……酒の邪魔をしに来たのか、高慢ちきのハイエルフ」

「なんだと！　誰が時間を割いてまでドワーフの邪魔などっ――」

しかめっ面を作りながらガレスが言い返してやると、リヴェリアはこれまで通り声を荒らげた。

「…………私は、あの女神に唆されて来ただけだ」

いつもと違ったのは、言葉の途中でぐっと踏みとどまり、大きく息を吸ったことだった。

「……？」

自分で唆されたと言うリヴェリアを、怪訝な目で見る。

気付けば彼女はその瑞々しい肌をうっすらと赤らめて、視線を左右に振るなど散々挙動不審になった後、口を開いた。

「……お前達の里を侮辱したことを、撤回しにきた」

その言葉に、ガレスは目を見張った。

「あの村は、いい場所だ。少なくとも私が居た里の王森より、ずっと、温かい」

「お前……」

「ドワーフ達は、野蛮なだけではない……あの鳥籠から出て、初めてわかった」

視線を合わせられず、堪らず頭上へ逃げる翡翠色の瞳が、月夜の空に今日までの記憶を思い描いていることがガレスにもわかった。

『ロンザ』の住人と交流することで、リヴェリアは自分のものの見方が間違っていることを認めたのだろう。あるいは恥じたのかもしれない。種族の偏見を押し付けて、個を見ようとしていなかった浅薄な見識を。

「私は、外の世界を何も知らないくせに、全てを決めつける父上にいつも反感を持っていた。だが……私も危うく、先入観の言いなりになるところだった」

「……」

「ドワーフは呆れるほど大雑把だ。しかしそれはエルフが繊細で、神経質なだけなのかもしれない。視点が変われば価値観も、世界さえも、いくらでも変わる……それをこの村が、私に教えてくれた」

ある時、彼女はドワーフの主婦達に洗濯を手伝わされたと言う。

ある時は、エルフにはとても真似できない精緻な装飾の製作過程を見せつけられたと言う。

また、ふと手持ち無沙汰になった時は、ナルルとノルルの姉妹にせがまれ、子供達と追いかけっこをやる羽目になったと言う。

関係がありそうな話題から何が言いたいのかわからない話まで、とにかく口数が多くなるリヴェリアは、往生際が悪い子供のように今日までの出来事を語った。

最初は神妙な顔になって耳を傾けていたガレスも、一体自分は何を聞かされているのかと呆

れ果てていると、

「アイナを傷付けたお前達を許したわけではないが……いやむしろ、あんな暴挙に出たから私は、やはりドワーフは野蛮だと決めつけてしまったというか……いや私に非がないわけではないが……」

最後に、恨めしそうにそう言ったのは、彼女なりの精一杯の抵抗なのだろう。

甚だ不本意ということが伝わってくる中、しばらく押し黙っていたリヴェリアは地面を見つめながら——長い耳の先まで赤くして、その言葉を絞り出した。

「その…………………………すまなかった」

自分に向けられた『謝罪』に、ガレスは大きく目を見張った。

エルフがドワーフに謝る。

その行為は山よりも険しく、海よりも深い意味がある。

それほどエルフとドワーフという種族は反りが合わない。

ガレス自身、エルフに謝罪されたことは初めてだった。

しかも、その初めてが王族だと言うのだから、ガレスの中では空前絶後の大事件と言ってもいい。

今も挙動不審なハイエルフを、思わずまじまじと見つめてしまう。

「くそっ……あの神に挑発されたからといって、こんな真似っ…………だが私は融通の利かないエルフなどではっ……！」

ぶつぶつと呟いているのはロキへの恨みつらみだろうか。

彼女はどうやら売り言葉に買い言葉でガレスのもとへ訪れたらしい。だが、たとえそうだとしても、彼女はずっと後ろめたいものを抱えていて、実直なまでに誤魔化すことができないからこそ、こうして謝罪を口にしたのだろう。

目の前の王女は『世間知らず』なだけであって、頑固とか強情なんて言葉とは縁遠い。むしろ他のエルフ達よりずっと柔軟で、自分の過ちを認めることができる人物だ。

ガレスはそう思った。

そう思って、胸の中で舌打ちをした。

（俺も、あの神に図られたか）

なぜならば、今ガレスは、目の前のエルフを見直し、『興味』を抱いてしまったから。

あの神は昨夜、自分に酒を飲ませ、惑わせた。

身に纏っていたガレスの鎧を一枚、剝がしたのだ。

一昨日までのガレスならばリヴェリアの話も聞こうとしなかった筈だ。にべもなく背を向け、より険悪になっていただろう。そんな心の障壁を、神がほくそ笑みながら取り払ったのだ。

このエルフは義理を通しに来ただけ。

フィン達と違って、【ファミリア】に勧誘する気など更々ないだろう。

だがガレスは、ドワーフとは対極のエルフだからこそ、リヴェリアのその言動に興味を持ってしまった。

「……ハイエルフは、里から一歩も出ない連中だと聞いていた」

「？」

「何故、お前は里を飛び出した？」

ガレスの知るエルフとは偏見持ちで、鼻持ちならず、そして格式を重んじる種族だ。

そんな種族の王女が何故ここにいるのか。

ガレスは気が付けば、尋ねてしまっていた。

「まだ見ぬ世界を、この目で見るためだ」

それ対し、リヴェリアははっきりと答えた。

「私は自分に嘘をつけなかった。だから慣習を破り、里を飛び出した」

「……！」

「私がしたことは王族として無責任なのかもしれない。だが、他者に強制され、自分を偽り、嘘で縛られた人生など……籠の鳥と一緒だ」

エルフの翡翠の瞳は真っ直ぐで、輝いていた。

あの月の光にも負けないほどに。

（……くそっ）

ガレスが抱いたのは、劣等感だった。

輝く妖精に対し、自分は一体何だ。

豪快なんて言われるドワーフらしからぬほど、嘘をつき、己を騙(だま)して、心の底の想いに蓋(ふた)をしている。

ガレスは初めてエルフを眩(まぶ)しいものとして見てしまい、そんな自分を無性に恥じた。

そして、癇癪(かんしゃく)を起こすこともできない自分自身が、ひたすらに悔(くや)しかった。

「私には夢があった。ようやく、それに向けて歩み始めたところだ」

崖から見える雄大な眺めに目を細めながら、静かに、吹っ切れた顔でリヴェリアはそう締めくくる。

月の下で飲む酒は、すっかり味がしなくなっていた。

「夢を……」

「……?」

今度はガレスが、ためらう番だった。

何度も口を開いて、閉じて、時間をかけて、気の迷いのようにその呟きを落とす。

「夢を追いかけることに、遅すぎることはあると思うか?」

視線を合わせられないまま、そんなことを尋ねていた。

やがて翡翠の長髪が風に揺れ、美しい妖精(エルフ)の声音が夜気に乗る。

「夢を追うのに、遅いも早いも関係ないだろう」

年齢だけなら私は貴様より上だぞ？ と。

ハイエルフの王女は、憎らしいほどに呆れてみせた。

◆

「くそ、まだ頭が痛え……」

「おぇぇ……」

リヴェリアが訪れた翌日。

まだ酔いの後遺症から抜けきれていない子分達とともに本日の仕事を終わらせたガレスは、集落に唯一存在する蒸し風呂にいた。里の職人達謹製の、溶岩で作られた狭い石室である。

ドワーフ達が生まれたままの姿で身を寄せ合い、筋骨隆々かつ毛むくじゃらの体から汗が大量に流れている。

美女美少女の【ファミリア】結成を目論む某女神が目にしたら、嘔吐すること間違いないだろう、凄まじい光景だ。

「オレ達はもう上がりますけど、ガレスの兄貴、どうします?」

「……俺はまだいる」

弟分のヨーグルに、布を腰に巻くガレスは目を瞑りながら言う。

蒸し風呂で一人になったガレスは、両腕を組みながら考えに耽っていた。

(まんまと心をかき乱されている……。昨日はエルフなんぞに向かって、血迷ったことを口走ってしまった。情けないったらない)

忸怩たる思いを抱きつつ、もうあんな醜態を晒すまい、と敵の出方を警戒する。

(あの女神、確かに『三娘の礼』と言っていたな。三顧ではなく、三娘……？　三人の女子が俺のもとに訪れるということか……？)

先日の光景を思い出す。

ロキも入れれば、リヴェリアも加えて今日まで二人。

つまり、あともう一人『刺客』が訪れるということだ。

(あのハイエルフには侍従がいたか……。確か、アイナと呼ばれていた——)

ならば彼女が三人目かと予想するガレスは、しかしどうにも腑に落ちず、頻りに首をひねっていると、

「——失礼します」

可愛らしい金髪の少女、いや『幼女』が蒸し風呂に入ってきた。

「ぶほぉ!?」

さしものガレスもこれには唾を吹いた。

腰まで届く長い金の髪に、可憐（かれん）な相貌（そうぼう）。

その瑞々しい肌は既（すで）にうっすらと汗をかいている。

全身をすっぽり隠す長い布を体に巻きながら、目をかっ開（ぴら）くガレスの前をトコトコと通り過ぎ、対面の長椅子に腰かけた。

「ドワーフのお兄さん、私のお願いを聞いてくれませんか？」

「お、おう……？　な、なんだ……？」

ここは男専用の蒸し風呂である。ドワーフの汗が染み込んだアレな場所である。

ドワーフ以外の異種族には変な文化があったか？

混乱をきたすガレスが思考を迷走させていると、目の前の幼女はにっこりと笑った。

「どうか、【ロキ・ファミリア】に入ってくれませんか？」

声色を使うその可憐（かれん）な幼女に――いや小人族（パルゥム）に、衝撃が走った。

「お前、まさか……」

「はい。フィン・ディムナです」

つまり、そういうことだった。

ガレスは小刻みに頬を痙攣（けいれん）させる。

「……なぜ、女装をしている」

「主神の指示で。『三娘（さんこ）の礼』……つまり性格の違う女の子が波状攻撃をすれば、貴方は落ちると」

「お前は男だろうがッ！　落ちるどころか萎(な)えるわ‼　気持ち悪いから、その言葉遣いは止めろ！」

ガレスは状況も忘れて、まくし立てた。

酒飲みでがさつで、豪快奔放(ごうかいほんぽう)な昔の自分に戻ったように、大声を石室に轟かせる。

「そんな頭のおかしい【ファミリア】なんぞ入りたくないわ！」

「じゃあ遠慮なく」

ガレスが本気で嫌がると、フィンはあっさり声をもとに戻し、被っていた長髪の鬘(かつら)を脱いだ。

体に巻いていた長布も取り払って、下に備えてあった腰巻き一枚になる。

コイツ絶対わかってて悪ノリしただろ、とガレスは確信した。

「あらためて、言わせてもらうよ。僕達の【ファミリア】に入ってほしい」

椅子の上であぐらをかいていたフィンはまず姿勢を正して、真摯(しんし)に己の意志を告げてきた。

湖面のように深い色の碧眼を見れば、それが悪戯(いたずら)や酔狂(すいきょう)などではないことははっきりわかる。

ここ数日で、そんなことはもうわかっていた。

ガレスは、嘆息した。

「何故そうまで俺にこだわる？　ドワーフなら腐るほどいるだろうに」

「しかし君ほどの傑物はそうはいない。ましてや、【ファミリア】に籍(せき)を置いていない、無所属のドワーフは」

――傑物ときたか。

その言葉に、ガレスは目を瞑って笑ってしまった。

「絵空事に聞こえるかもしれないが、僕達は世界に名を轟かせる絶対の派閥を目指してる。その為にも――」

「それはもう、お前の主神に聞いた。俺が聞きたいのは、お前の腹の内だ」

お前の言葉で語れ。

眼差しで訴えると、フィンは一度口を閉じた後、静かに語り始めた。

「悲願がある。一族の再興という望みが」

「一族？」

「顔も名前も知らない、この世界で生きる全ての小人族だ」

ガレスはすぐに瞠目した。

「今の小人族には『光』が必要だ。僕はそれになってみせる」

「……自分の言っていることが、わかっているのか？」

「当然だとも。かつて女神が掲げた栄光を、再びこの手で再現し、掴み取るということだ。僕は、全ての同胞達の『英雄』になる」

『英雄』という言葉を口にするのに、フィンは一切憚らなかった。

その小さな体から一瞬、ガレスが気圧されるほど、覚悟が滲み出る。

「一族の『光』となるには、途方もない名誉と実績が必要だ。個人の武勇だけではなく、そう、神々の眷族を率いるほどの器が」

「だから、迷宮都市か？」

「ああ。『世界の中心』と呼ばれるあそこで頂点に君臨する。それが一番、手っ、取り、早い」

「……」

「だから人材が必要だ。僕が率いるに足る仲間が。あるいは、僕よりも強い眷族が」

その『野望』は、ガレスが思っていた規模を遥かに超えていた。

笑えるほど壮大過ぎて子供の絵空事になりかねない。目の前の少年はそれをいけしゃあしゃあと断言してみせる。だからガレスは笑おうとしなかった。むしろ感心すら覚えた。

有言の実行と不言の実行。

結果が同じだとしても、誰が何と言おうと評価されるのは前者だ。

胸に秘めているだけでいいものを宣言するということは、『勇気』がいること。

そして己の退路を断つという儀式でもある。

実現しなかった場合、その人物は嘲笑われるだけの愚物に成り下がるのだから。

目の前の小人族は、英雄のような『勇気』と怪物のような『覚悟』を有している。

今も自分を追い込みながら、『野望』の成就を一心に目指している。

「僕は野望のために君を利用しようとしている。それは否定しない。ただ、そのためなら見返りを与えると約束しよう。君にも望みがあるなら協力するし、自尊心も満たすつもりでいるよ」

「……はっきり言うな」

「じゃなきゃあ、君が割に合わない」

打算も打ち明けておきながら、その碧眼には後ろめたさなどといったものが皆無だった。

そんな口約束は信じられない、とも言えないほど、眼差しも言葉も真摯であった。

万人が笑うだろう少年の荒唐無稽（こうとうむけい）な『野望』は、今のガレスにとって『毒』だった。

昨夜のリヴェリアの時と同じように、劣等感、そして羨望が芽生える。

野望を言って憚らない目の前の小人族（パルゥム）に比べ、今の自分は何と小さい存在なのだろうか。

そんな風に、錯覚させられた。

「……俺は、この里から出れん」

フィンの覚悟に感化されたのかもしれない。

だが彼が打ち明けた『野望』に報いるため、ガレスも己の胸の内を語り出した。

「ここに最初に来て、何を感じた？」

「住人はたくましく生きてる。でも、貧（まず）しい」

「その通りだ。この辺りの鉱脈はもう掘りつくされている。里の者を養うには、俺と若い連中が遠出をして、商人の言いなりになるしかない」

辺鄙な場所とあって行商を始めとした人の通りがあるわけでもない。

リヴェリアに懐いていたナルルとノルルのような、多くの子供達のためにも、ガレス達が身を粉にしなくては『ロンザ』は立ち行かないのだ。

「俺はこの里に育ててもらった。そしてガキの頃には迷惑をかけ続けた。極めつけは十年前、増長してた俺はとある国に楯突いて、村から食い扶持を奪っちまった」

その頃のガレスのもとには、今のフィン達のように数々の【ファミリア】が勧誘のために訪れていた。無所属でありながら精強なドワーフの噂を聞きつけたのだ。

そして、そんな勧誘の中には国家系の【ファミリア】の外相――しかもあの『帝国』の属国で、狡賢そうな小人族だった――がいた。

己の腕っぷしに絶対の自信を持っていたガレスは、自分のみならず故郷を侮辱され、その外相を殴り飛ばしてしまったのである。

【ファミリア】が『ロンザ』に武力行使することはなかった。

ただ、それまであった集落の様々な仕事が、不自然なほどぱったり途絶えただけだった。

「里のために、親父達は必死をこいて鉱山にもぐって……ある日、事故でくたばった」

「……」

「今の村の有様は、俺の責任だ」

熱気がうねり、ガレスの顔を苛む。

何か言いたげだったフィンは、最後まで話を聞くと、ふっと力を抜いた。

それから、微笑んだ。

「この村で、君の武勇伝を聞いたよ。君が求めていたものは、何だったんだい？」

山を駆けずり回ってモンスターを退治していた幼少時代。

楯突いてしまった件の国の武闘大会で何度も優勝した青年期。

世界の最果てには一体何が待っていたのか、山頂で遥か西方を眺めるのを最後に、夢を捨てた青春時代の終わり。

それらを振り返ったガレスは、笑い返した。

「熱き戦いを」

少年の野望に比べれば、ずっと簡単で、そして単純な望みを口にした。

「血が騒ぐ、あの熱の中にずっと身を投じていたい……俺よりも強いやつに会いたい。それだけだ」

その言葉を最後に、ガレスは口を閉じた。

しばらくの静寂が訪れる。

「やっぱり君は、僕達と来るべきだ」

「そうかもしれん。だが、無理だ」

ガレスは未練を断ち切るように、言い切った。

無言の時と顎を伝う汗だけが、彼等の間に落ちる。

ややあって。

その細い腕で顔を拭うフィンを眺めていたガレスは、らしくもない空気を吹き飛ばすように、ニヤリと唇を吊り上げた。

「それに、な。この程度の蒸し風呂で音を上げる貧相な輩の【ファミリア】なんて、死んでも願い下げだ」

その言葉に、フィンの碧眼がゆっくり細まる。

「……なるほど。じゃあ、この根比べに勝てば、君を入団させる資格は手に入るわけだ」

なら楽なものだね、と涼しい顔で言ってのける。

ガレスは、初めて猛々しい笑みを浮かべた。

ひたすら蒸し暑い石室で、人知れず開戦音が鳴り響いた。

「もう我慢は止めたらどうだ？」

「そっちこそ」

「今にも干からびそうだぞ？」

「そういう君も体が細くなっているように見えるよ？　せっかくの筋肉が溶け出してるんじゃ

ないかい？」

「出ろ」

「そっちが出るんだ」

投げつけ合う言葉。

激しくかち合う眼光と眼差し。

ガレスとフィン、根本的に負けず嫌いの二人は、お互いに不敵な笑みを浮かべる。滝のような汗を流しながら。

勢いを増す、うだるような熱気が、瞳を血走らせる小人族とドワーフを包み込んだ。

そして、数時間後。

意識を手放してぶっ倒れていた二人の戦いは、呆れるリヴェリアとゲラゲラ笑うロキ、そして顔を真っ赤にするアイナと慌てふためく鉱夫達に回収され、引き分けとなるのだった。

フィンとの決着が付かずじまいだった、次の日。

若干の目眩(めまい)と倦怠感(けんたいかん)を覚えつつ、ガレスは工具をもって『ロンザ』から見て真西の位置に存在する『セルセボ鉱山』へと赴(おもむ)いていた。

（くそ、あの小人族(パルウム)め……まだ頭がくらくらするぞ）

胸中で愚痴(ぐち)を吐きつつ、ガレスは子分達を率(ひき)いて入坑する。

ところどころに魔石灯が設置されているとはいえ、坑道は薄暗い。

剝き出しの岩の壁は冷たく、左右から迫るような圧迫感があった。

腐朽(ふきゅう)が進んでいるにもかかわらず放置されている坑木に顔をしかめ、率いている子分達に交換を命じる。今日も今日とて資源採掘が見込める鉱床に沿って坑道を拡張していく予定だ。ドワーフ自慢の筋肉で鶴嘴(つるはし)とともに掘り進めてもいいが、集落(ロンザ)の職人(ジジイ)どもが強力な火薬を用意してくれた。発破(はっぱ)で粉砕(ふんさい)する方が労もない。もし、この山に地精霊(ノーム)が住み着いていたら怒るだろうが、その時はドワーフの火酒(ひざけ)でも捧(ささ)げて謝り倒すしかない。

無駄に幅が広い坑道を見回していたガレスは、各々が作業に取りかかるのを確認し、自らも削岩しようとするが、

「……？　ヨーグル、どうした？」

「……」

背後に立つ若いドワーフが、こちらをじっと見つめていることに気が付いた。

ヨーグルは弟分の一人で、思慮(しりょ)足らずでいつもやかましい問題児(トラブルメーカー)だ。

かっかしてアイナを傷付け、リヴェリアの怒りを買い、フィン達との関係をややこしくさせたのも他ならない彼である。

うんざりするほど馬鹿で短気ではあるが、身内のためならば誰よりも熱くなれる。まだ十五という若さもあってか周囲からは不思議と可愛がられ、ガレスも内心では目をかけている。

そんないつもはうるさいヨーグルが、やけに静かな光景に、ガレスは酷く違和感を覚えた。

「ガレスの兄貴……昨日、小人族（パルゥム）と………いや、何でもねえ」

何か言いたげな顔を浮かべていたヨーグルは、中途半端に言葉を切り、再び黙りこくった。

かと思うと、顔を両手で叩き、いきなり気合を入れ始める。

「よしっ！　今日こそはオレがお宝の山を掘り当ててやる！　兄貴の手なんて借りやしねえ！」

角灯（カンテラ）と鶴嘴（つるはし）をもって奥へ向かう彼の姿に、ガレスは困惑した。

同時にまさかとも思った。

（ヨーグルのやつ……昨日の俺と小人族（パルゥム）の会話を聞いていたのか？）

蒸し風呂から中々出てこないガレスを心配して足を運び、聞き耳を立てていた、というのは十分ありうる。

同胞には聞かれたくない内容ではあったが、今ここで問い詰めることでもない。問い詰めたとしても、何かが変わるわけでもない。

ガレスが思わず溜息を堪（こら）えていると、

「しかし、大丈夫なんですかね？　最近、近場の山がよく崩落を起こしてるらしいですぜ」

「なに……？　本当か？」

「ええ。他の鉱夫が何人も帰ってきてねえって。ここの仕事も、どうも人手不足で俺達が呼ばれたって聞きました」

子分達の噂話に動きを止めた。

直接依頼の話をした商人からは何も聞いてない。

あの獣人の野郎、と罵りつつ、ガレスは神妙な顔で告げた。

「先に行ったヨーグルの奴を、一応連れ戻しておけ。固まって行動するぞ」

「へい」

ヨーグルの後を追う子分を見送りつつ、ガレスは使い古した角灯を掲げ、巡らした。

照らされる坑道内に、目立った異常は見られない。

（嫌な感じはしない。この辺りが崩れるとは思えんが……）

起こるかもわからない崩落をいちいち恐れていては、鉱夫など務まらないのは事実。

長年の経験から危険な現場ではないと見抜きつつも、ガレスは慎重に作業することを決めた。

用心するよう命じながら、発破の作業は子分達に任せ、自らは鶴嘴を振るい始める。

（……くそ、集中できん。あの連中のせいだ……）

いつもは何も考えず振り下ろせる鶴嘴が、僅かに乱れる。

普段は乾燥している心がどうも落ち着かない。

フィン達のせいだ。彼等が好き勝手に『夢』や『野望』を語るものだから、枯らした筈の心が燻(くすぶ)ろうとしている。

赤い火を灯して、何かを取り戻そうとしている。

舌を弾くガレスは、雑念を振り払うため、何度も鶴嘴を乱暴に振り下ろした。

「うわあああああああああああああ!?」

その時だった。

奥に行っていたヨーグルと、呼びに向かったドワーフが、急いで逃げてきたのは。

「なっっ!?」

そして、その背後の闇で『巨大な何か』が蠢(うごめ)いたのは。

瞠目するガレスの脳裏がけたたましい警鐘(けいしょう)を鳴らす。

凍りつく坑道に大声で退避を促そうとした。

だが、遅かった。

凄まじい咆哮(ほうこう)が轟き渡った次の瞬間、ガレス達のいる坑道は、崩落した。

「彼の事情はわかった。状況を何とかする方法も、やろうと思えば達成は可能だろう」

ロンザの地下集落。

ナルルとノルルの姉妹が笑顔で駆け回っているのを通りの脇で眺めながら、フィンはロキ、リヴェリア、アイナに語る。

「ロキに力を借りることになるとは思うけどね」

「ん？　うちの力？　……ああ、そういうことか」

「ああ、そういうことさ。手間と時間はかかるだろうけど、この辺りの鉱山地帯を加味すれば、決して分の悪い賭けじゃない」

リヴェリアが怪訝な表情を浮かべ、アイナが小首を傾げる中、フィンの思惑を超越存在（デウスデア）であるロキだけがあっさりと見抜く。

ガレスの胸の内の想いも含め、『三娘（さんこ）の礼』の手応えを得ているフィンは、しかしその一方で目を伏せた。

「そう、達成はできる。ただ……」

「結局はあのドワーフの心の問題。そう言いたいんやろ？」

ロキの指摘に、フィンは黙って頷（うなず）きを返す。

「僕達がどれだけお膳立てしても、最後は彼が吹っ切れるかどうかだ」

結局、どこまで言っても勧誘（スカウト）とはフィン達の事情だ。

乗り気がしない、とガレスが言ってしまえばそれまで。しがらみを綺麗にしたとしても、最後は悔恨や後ろめたさを――自分自身をガレスが赦してやれるかどうかだ。

ロキ達の隣で、アイナがどこか心配そうな表情を浮かべる。

リヴェリアもまた、話には参加しないものの口を真っ直ぐ引き結んで、何かを考えていた。

「――おいっ、それは本当かっ⁉」

「ま、間違いねえ！　別の村の同胞が報せてくれたんだ！」

そこで、にわかに集落の入り口付近が騒然となった。

「なんだ……？」

「外から戻ってきたドワーフの方が、何か叫んでいるようですが……」

リヴェリアとアイナが戸惑いの視線を向ける中、ロキは窺うより先に足を動かしていた。

「おーい、おっちゃーん！　なんかあったんかー⁉」

フィン達とともに赴き、声を飛ばすと、こちらに気付いた老齢のドワーフがはっと肩を揺らし、駆け寄ってくる。

「大変なんじゃ、女神様！　ガレス達がもぐった炭鉱が、崩落したっていう報せが……！」

「「!!」」

泡を食うドワーフの話を聞き、フィン達は弾かれたように顔を見合わせた。

すぐに彼等は詳しい情報を聞き出し、『セルセボ鉱山』へと出発した。

「ぐうぅ……⁉」

残響する崩落の音と震動を感じながら、ガレスが呻き声を落とす。

彼の頭部からは、真っ赤な血が滴り落ちていた。

「ガ、ガレスの兄貴……⁉」

悲痛な声を上げるのは、彼の下にいるヨーグルだった。

もう一人のドワーフとともに間一髪飛び込んだガレスに覆い被さられ、ヨーグル達は岩の雨を浴びずに済んだのだ。

一方で、浅くない傷を負うガレスは、背中で受け止めた大小の岩を払いのける。

九死に一生を得たと喜んでいる暇はない。

坑道内の光源が全て死に絶えている中、ガレスは無理矢理立ち上がった。

すぐに、ドンッッ！　という轟音と衝撃が再び生じた。

坑道の天井すれすれを吹き飛ぶ、子分の悲鳴と一緒に。

他の子分――屈強なドワーフ達の声を今も奪っている『源』に、ガレスは、ゆっくりと振り返った。

「こいつは……⁉」

灯りを浴びるのは、不気味に青く輝く無数の鱗。

その体はあまりにも巨大な長軀だった。

牙の隙間から長い舌をシュルシュルと出し入れし、六つの眼光で今もガレス達を睨めつけるのは、紛うことなき『蛇』であった。

「だ、大蛇の化物⁉」

その恐ろしい威容に、ヨーグル達が堪らず悲鳴を上げる。

複眼の大蛇。闇に浮かぶ琥珀色の都合六つの眼がぎょろぎょろと蠢き、ドワーフ達の肌を粟立たせる。大の大人を一飲みにできるほどの顎の両側には、幾つもの孔が存在した。

壁をブチ破って現れた超大型級のモンスターに、ガレスは血だらけの顔を歪める。

「この化物が、他の鉱山でも崩落を起こしてやがったのか……⁉」

見たこともなければ名も知らない真性の怪物。

『ラムトン』。

彼の迷宮都市で、目の前の大蛇は冒険者達からそのように呼ばれている。

正式名称は『大蛇の井戸』。その名の謂われは文字通り地中を穿孔し、井戸のごとき巨大な縦穴を作り上げることに由来する。ダンジョンでは層域の規則を無視し、階層間を自由に移動することから、冒険者達から理不尽の象徴として恐れられているほどだ。岩盤を掘って移動する震動音は、全滅必死の『凶兆（ラムトン）』に違いない。

崩落が多発していたのは、『ラムトン』が辺り一帯の鉱山を『棲家』に変えたためだ。この巨大過ぎるモンスターにとって、周囲の山々など『庭』か『畑』に過ぎないのだろう。こちらが赴かずとも次から次へとやって来る鉱夫（えもの）達に味を占め、自分の縄張（なわば）りとしたのだ。

『シャアアアア……！』

長過ぎる体を天井や壁に這（は）わせ、こちらを睥睨（へいげい）してくる大蛇に、ガレスは悪態を吐き捨てた。

「逃がす気は、なさそうだな……！　くそったれめ！」

モンスターの長軀を仰ぎつつ、辺りに視線を走らせる。

まだ天井の一部が落ちただけ。広大な坑道内が完全に崩れ切ったわけではない。

しかし遠からず、ここは石の棺桶（かんおけ）となる。

今から逃げ出そうとしても――いくら土の種族（ドワーフ）といえど――崩（くず）れた道を掘り起こすより先に、あのモンスターに食い殺される方が早い。もとより穴を掘って移動する『ラムトン』は神出鬼没だ。よしんば現在地から離脱しても、上下左右の追撃に晒されることになる。ガレスが子分達の殿（しんがり）を務めたとしても何も意味がないのだ。

何より、『ラムトン』が移動する度に大穴が開けられるということは、山そのものが穴だらけになるということ。これ以上のさばらせては最悪、鉱山全体が均衡（バランス）を失って崩れ落ち、大惨事になりかねない。

鉱山の崩落事故で父親達を失っているガレスにとって、悪夢を呼び起こす目の前のモンスターを放置する選択肢は、取れなかった。

（やるしかない……！　このモンスターをここで……！）

血が伝う目を眇(すが)め、拳を握りしめる。

そして、その戦意に反応するかのように、『ラムトン』は吠えた。

『オオオオオオオオオオオオオオオッ‼』

鱗に包まれた長軀をうねらせる、ただの体当たり。

しかし、それだけでガレスの体は吹き飛ばされた。

「ぬうううおおおおおおおおおおおおお⁉」

凶悪な長軀は、全てを薙ぎ払う竜の尾と同義だ。

ヨーグル達を真横に押し飛ばし、太い両腕を交差したガレスは、決河の勢いで壁に激突した。

敵の体を摑んで動きを鈍らせることもできない。

あまりの威力に腕の骨が罅割(ひびわ)れ、激痛が神経を焼き焦がす。

「ガレスの兄貴ぃ！」

青ざめるヨーグル達が叫ぶ中、ガレスは赤く濁(にご)った唾を吐きながら、鶴嘴(つるはし)を振り被って『ラムトン』に飛びかかった。

だが、弾き飛ばされる。

身じろぎするだけで坑道全体を揺らす大蛇のモンスターは、山の内部では起こる筈もない『竜巻』のごとくだった。ガレスは何度も壁に叩きつけられ、床に転がり、血を噴く。蹂躙など、己の体のみで事足りるからこその『超大型』。

ガレスが今まで蹴散らしてきたどのモンスターより、『ラムトン』は強く、硬く、凶悪だった。

「ぐぅううう……!?」

壊れかけ、点滅する角灯の明かりが照らす先。

映し出されるのは、血にまみれるガレスの姿だった。

「酷いな……」

『セルセボ鉱山』に辿り着いたフィンの開口一番は、それだった。

視界に広がるのは広大な鉱山地帯で、一見、峡谷にも似ていた。土砂の搬出場所や鉱物の保管庫など木造りの建物が乱立し、小さな街にも見える。

普段は鉱夫達で賑わう鉱山街は、今や阿鼻叫喚の声に包まれていた。

鉱山内の入り口という入り口から膨大な砂煙が吐き出され、血まみれの鉱夫達が肩を貸し合って脱出してくる。他にも『ゴブリン』や『ロック・リザード』などモンスターまで逃げ惑う始末だ。崩落の影響で山の一角は均衡（バランス）が崩れたのか、地すべりした岩塊（がんかい）が木の梯子（はしご）や橋、トロッコの線路を呑（の）み込（こ）んで、無事な箇所は何一つとして存在しない。

ドワーフを始めとした鉱夫達は頻りに怒声を放っては怪我人を避難させ、商人達は設備の全損に悲鳴を上げていた。

「いくつもある入り口から、もうもうと煙が立ち込めとる……全部の道筋（ルート）が崩れとるんか？　こんなん、普通やないで」

ロキは顔を盛大にしかめながら、この事故は自然災害の類でなければ、人為的なものでもないと断じた。もっと理不尽で凶悪な『怪物（モノ）』の仕業（しわざ）だと。

「そんなことより、あのドワーフ達はまだ鉱山の中にいるというのか⁉」

生まれ故郷では決して拝むことのなかった山の脅威に、リヴェリアは取り乱さずにはいられなかった。

命からがら脱出して、周囲の地面に寝かされている重傷者の中からガレス達の姿は見つけられない。周囲を走り回る鉱夫を捕まえ、フィンがロンザの鉱夫について尋ねれば、

「まだ戻ってねぇ！　ロンザのガレスは、この辺りじゃあ腕っこきの鉱夫だ！　きっと奥まで行って、閉じ込められちまってる！」

という無情な答えが返ってきた。

ドワーフ達とあれほど反目し合っていたリヴェリアでさえ、愕然としていると――下から服の裾を引っ張られる。

「ガレスのあんちゃん達……死んじゃうの？」『……のー？』

「っ……!!」

リヴェリア達に懐いていた、ナルルとノルルだ。

ロンザの住人達とともにここまで来た姉妹だった。目尻に涙を溜めている。

他にも多くのドワーフ達が目の前の光景に膝をつき、絶望していた。

口を押さえ、嗚咽を漏らしているドワーフ――勘違いをして散々自分の世話を焼いてきた主婦達――の姿を見て、リヴェリアは無意識のうちに、両手を握り締めていた。

「……アイナ。私はやはり、ドワーフが苦手だ」

「リヴェリア様……？」

「ドワーフは声が大きいし、大雑把で、こちらの事情にちっとも頓着しない。他の同胞がそうであるように、私もあの種族と潜在的に反りが合わないのだろう」

戸惑うアイナの顔も見ず、辺りの惨状を見回していたかと思うと、ハイエルフの王女は柳眉を吊り上げて、叫んでいた。

「だが!!　そんなちっぽけな理由で、見捨てていい道理などない!!　ましてや、神経質で面倒臭いハイエルフに、分け隔てなく接してくれた者達を、どうして見なかったことになどできる!!」

その大音声は、絶望に暮れるドワーフ達の視線を引き寄せた。

ナルルとノルルが、ロンザの住人が、涙を溜めた瞳を見開いて驚きを示す。

そしてアイナは、場違いだとわかっていても、同胞ではなくドワーフのために王族の威光を示す王女に、胸を震わせた。

「小人族（パルゥム）、何とかしろ！　私では、この状況を打開する方法が思いつかない！」

「リヴェリア……」

「今なら、いくらでもお前に使われてやる！　だから——あのドワーフ達を助けろ!!」

大股で歩くリヴェリアは、フィンの前で立ち止まる。

それは『アルヴの王森（おうしん）』を出て、初めて彼女が口にする『我儘（わがまま）』だった。

妖精の矜持（きょうじ）など放り捨て、自分の無能を認め、他者に頼ってまで要求する『懇願（こんがん）』だった。

頑固で、融通が利かず、世間知らずの彼女はきっと、これからも変わっていくのだろう。

フィン達の前で、その気高さを発揮し、多くの者を救っては導く。

『偽物』——『人工の英雄』にしかなれない自分にはない本物の輝きだと、フィンは一瞬だけ目を細め、羨望を抱き、そしてすぐに毅然（きぜん）と頷いた。

「わかった。君を存分に使わせてもらう。今日まで修練していた『魔法』の効果……僕に語ってくれた内容に、間違いはないな？」

「ああ！」

「なら、少々力づくにはなるが、君がガレス達を救う『鍵』になる。装備を整えろ、ありったけの精神力回復薬(マインド・ポーション)を持っていけ！　塞(ふさ)がれた坑道を掘り進めるために、他のドワーフの手も借りる！」

槍に巻いた白布を勢いよく引き剝がし、鉱山への進攻(アタック)に臨(のぞ)む旨を告げるフィンに、リヴェリアは一も二もなく受け入れた。

小鞄(ポーチ)を持つアイナから全ての道具(アイテム)を受け取るだけでなく、商人まで捕まえて「後払いだ！　あるだけの回復薬(ポーション)を寄越(よこ)せ!!」と恫喝紛(どうかつまが)いの要求までする。震え上がる商人達がハイエルフに従う中、集落(ロンザ)のドワーフ達も慌(あわ)ただしく準備をし始めた。

「問題は、いくらリヴェリアの力を借りても、捜索範囲が広すぎることだが……」

せめてガレス達が閉じ込められている地帯(エリア)を絞(しぼ)ることができれば――。

フィンがその言葉を喉(のど)の奥にとどめていると、周囲の様子をつぶさに観察していたロキが、弾かれたようにある一点を二度見した。

「ん～⁉　ストップっ、ストップや！　そこのチビスケー！」

『フゴッ⁉』

煙を吐き出す鉱山入り口から、次々と避難してくる鉱夫やモンスターの中から『ある人影』を捉え、疾走(ダッシュ)して摑み上げる。

見事に捕獲された『その存在』は、心底動揺しながら、両目をかっ開いていた。

「期せずして『お目当ての打開策』ゲットやーん。辺りを探す手間が省けたわ～！」

邪笑を浮かべる『神』に対し――捕まえられた『精霊』は、怯(おび)えの表情を見せた。


幾粒もの血が、ポタポタと岩の地面に滴り落ちる。

「ガレスの兄貴っ……！」

その体に傷を負っていない場所はもうなかった。

肩で息をする度に鮮血が滲み、自慢の筋肉を包む肌が破けている。

モンスター討伐用(とうばつよう)の武器ですらない鶴嘴(つるはし)も、とうとうへし折れていた。

満身創痍(まんしんそうい)。

今のガレスを表すには、その言葉以外ありえなかった。

『シャアアアアアアアア……！』

一方、『ラムトン』はその複眼を怒りに燃やしていた。

今は使いものにならなくなった鶴嘴を叩き付け、鱗を数枚砕いてやったのだ。

一矢報いたのみ。火に油をそそいだだけ。反撃したガレスに激怒した『ラムトン』はより苛烈に攻め立ててきた。

それと同時に、ちっとも観念しない獲物に、業を煮やしている。

未だに誰一人として化物の胃袋に収まっていないのは、ひとえにガレスの活躍があってこそ。

もう何時間にも及ぶ戦いを繰り広げ、睨み合う一人と一匹に、他のドワーフ達は竦み上がっていた。

「お前等、何やってやがる！　さっさと穴を掘れ！　早く助けを呼んでこい！」

後方で手を止めている子分達に、ガレスは背を向けたまま叫んだ。

崩落で塞がった坑道を、急ぎ開通させるよう怒鳴りつける。

初手の奇襲で負傷を与えられたガレスは、決断していた。

『ラムトン』の標的を自分に固定させると。

無謀でしかない正面のぶつかり合い、そして攻撃によって、敵の憎悪を己に集めたのだ。

全ては子分達だけは逃がすためだ。

ガレスは既に、『ラムトン』と刺し違えるつもりでいる。

集落の職人達が用意した発破用の『爆薬』。それでモンスターもろとも自爆する算段だ。

今のガレスはドワーフ達を守るための盾であり、壁であった。

（だが、いよいよやばい……！　目が霞みやがる……！）

しかし、それも限界が近い。

血を失い過ぎている。嫌な耳鳴りがしていた。

震える指はあと何回拳を握れるかもわからない。

敵は地上のモンスターの中でも別格だ。そこいらで現れる『ゴブリン』などとはわけが違う。

『その蛇は地下迷宮では深層出身のモンスターだ』と今ここで言われたとしてもガレスには理解できないだろう。理解できない方がいいだろう。迷宮の数字はこれ以上ない指標であり、彼我の力の差を突き付けるものだ。

故にそういう意味では『恩恵』を授かっていないにもかかわらず抗戦を続けている、ガレスの方が異常だった。

(ここが、俺の死に場所……)

やけに大きく響く鼓動の音が、己の命運を告げてくる。

それに対して、ガレスは、口の端を上げた。

(熱き戦いとは、ほど遠いが…………まぁ、悪くはない)

戦いの中で灰になれる。

それは今の自分にとって、とても贅沢なことに思えた。

だからガレスは笑った。

自覚なんてない『未練』を滲ませる、諦観の笑みだった。

「ガレスの、兄貴……」

そして。

そんな彼の横顔を、ヨーグルは見てしまった。

「笑ってるのか……?」

ちかちかと点滅する角灯(カンテラ)の先で。

光と闇の奥で。

今日まで決して晒さなかった、ガレスの本心を目にする。

そして、そんな笑みをさせているのが自分達だと気付いた瞬間——ドワーフの若者に火がついた。

「——うぉおおおおおおおおおおおおおおおお!!」

たちまち火が導火線を駆け抜け、爆発し、ヨーグルは駆け出した。

他の鉱夫達を置いて、鶴嘴(つるはし)を握りしめ、『ラムトン』に飛びかかる。

「なっ……!? ヨーグル!? よせっ、やめろ!」

驚愕するガレスの制止も聞かず、渾身の振り下ろし。

鱗と鶴嘴の間から火花が散り、ヨーグルはあっけなく弾き飛ばされた。

しかし、すぐに立ち上がり、再度殴りかかる。

「オレ達は! 兄貴に守られるだけのお荷物じゃねえ!」

煩(わずら)わしそうなモンスターの唸り声にも負けず、若者は叫んだ。

「兄貴の足を引っ張って、何が弟分だ！」

自分にも、他のドワーフ達にも向けて、力いっぱいに吠(ほ)えた。

「兄貴の背中を押してやれないで、何が家族だぁ!!」

あっさりと割れた爪から血を散らし、涙と一緒に咆哮した。

「「っっ!!」」

塞がれた空洞内(くうどうない)に満ちる喚声が、多くの者の胸の内を揺さぶる。

だから。

その若者の叫びに、ドワーフ達は続いた。

「「おおおおおおおおおおおおおおおおおおおおおおおおおおっっ!!」」

雄叫(おたけ)びを上げ、鶴嘴(つるはし)を、円匙(シャベル)を、木材を持ち、大蛇のモンスターへと突撃する。

唖然(あぜん)とするガレスの真横を追い抜き、鉱夫全員が『ラムトン』へと群がる。

「お前等……」

ガレスは戦場であることも忘れ、その場に立ちつくしてしまった。

守らなければならないと思っていた。

自分が何とかしなければいけないと思っていた。

しかしそんなもの、思い違いも甚(はなは)だしかった。

彼等もまた、自分と同じ『ドワーフ』なのだ。

「馬鹿野郎どもが……！」

泣き顔にも、笑顔にも見えるほど相貌を歪めた。

死なせたくない。こいつ等を。

このボロボロの体で、後は何ができる？

どうすれば、あのモンスターを討てる？

どうすれば、こいつ等と一緒に生きて帰ることができる？

全身を大喝し、自らも突撃するガレスだったが、大蛇の怪物は無情だった。

ドワーフが灯した炎などすり潰すかのごとく、一思いに尾でヨーグル達を吹き飛ばす。

「うああっ⁉」

「っ――‼　ヨーグルッ！」

苛立ちに染まった蛇の複眼が、地面に転がったヨーグルを射抜いた。

ガレスは己の体に鞭を打つが、間に合わない。

顎を開けて喰らおうとする『ラムトン』に、ガレスが絶叫を上げた、次の瞬間。

「――――っ⁉」

突如、足もとから、『翡翠色の輝き』が浮かび上がった。

『魔力』を伴うそれが一体何であるか、ガレスはわかってしまった。

複雑な光の紋様――魔法円。

それは崩れ落ちた岩盤の先から広がってきたかと思うと、驚くヨーグル達をも包み込んだ。目も眩む光輝に、『ラムトン』も怯んで動きを止める。

直後、光の紋様はガレス達の位置を掌握したかと思うと、水を得た魚のように一気に拡大した。

闇を跳ね除け、空洞に満ちる魔力のうねり。

動揺する大蛇のもとまで広がる『魔法円』。

――レア・ラーヴァテイン、と。

聞こえる筈もないエルフの歌声が石の棺桶に落ちた瞬間、モンスターの直下から、凄まじい二柱の大柱が生まれた。

『――――――――――――――アアアアアッッ⁉』

紅蓮の炎が直撃し、大量の火の粉に包まれるモンスターに、ガレス達は目を剝く。

立て続けに起こるのは、岩を破砕する音だった。

次は何事かと慌てて振り向くと、崩れた岩の向こうから、多くの人影が雪崩れ込んできた。

「ガレス！　悪ガキどもぉ！　無事かぁ⁉」

「集落のオヤジども……それに……」

鶴嘴や円匙を両手に先頭で現れるのは、既に年老いて一線を退いた筈のドワーフ達。

その後に続くのは、

「間に合ったようだね」

「……小人族(パルゥム)ども」

長槍(ちょうそう)を手にした小人族(パルゥム)と、美しい杖を持ったハイエルフだった。

従者のアイナと主神も現れる中、呆然とするガレスの視線に、フィンは笑みを投げかける。

「礼ならリヴェリアに言ってくれ。彼女の『魔法』が、君達の居場所を突き止めたんだ」

彼が一瞥(いちべつ)する隣で、リヴェリアは見たこともないほど息を切らしていた。

攻撃魔法第二階位、【レア・ラーヴァテイン】。

凄まじい射程を誇る広域殲滅(せんめつ)魔法は『魔導(アビリティ)』の有無にかかわらず、魔法円(マジックサークル)を発生させ射程圏内の対象を識別する。リヴェリアは『魔法』を連続行使し、遭難(そうなん)したガレス達の居場所を『探知』したのだ。

「本来なら、広すぎる鉱山地帯を探知しつくすのは不可能だ。少なくとも今のリヴェリアと僕達じゃね。でもそこは、『彼』に協力してもらった」

少々格好がつかないとでも言うように、フィンがおどけてみせると、にんまりと笑うロキが歩み出て、両手で持っているソレを見せつけてくる。

「土ん中(つちなか)の宝物探すんなら、やっぱ『ノーム』やなぁー！」

『フゴッ、フゴー⁉』

万歳の格好で捕獲(ほかく)されている小人族(パルゥム)より小さい『精霊』に、ガレスは仰天すると同時に納得させられた。

火の精霊（サラマンダー）や水の精霊（ウンディーネ）など、様々な属性の『精霊』がいる中、『ノーム』は『土の精霊』。

宝石や稀少金属（レアメタル）が大好物の彼等は自然と地下洞窟や鉱山に住み着く。ガレスが『爆薬の使用』を躊躇（ちゅうちょ）していたのもそれが理由だ。ノームの棲家とは『天然の宝物庫』と同義であり、翻って彼等ほど『宝物庫の構造』について詳しいものはいない。

ロキ達は鉱山から逃げ出す『ノーム』を捕まえて、一体どこで何があったのか、聞き出したのだろう。そしてガレス達が消息を絶った坑道まで急行し、あとはリヴェリアの『魔法』で片（かた）っ端（ぱし）から『探知』したのだ。

先程まで岩盤を掘り進めていたヨーグル達の頑張りもあり、ここまで道を開通させてのけたのである。

「はぁ、はぁ…………ふん、惨（みじ）めな姿だな、ドワーフ」

「エルフ……お前……」

ガレスの前までやって来たリヴェリアは、大粒の汗を流していた。

精神力（マインド）を酷使したせいだろう、エルフの細い手足では今すぐ折れて倒れてしまいそうだ。

しかしそれほど消耗しておきながら、彼女は憎まれ口を叩いてみせた。

「勘違い、するなよっ？　お前を助けたわけでは、ないからなっ……！」

「……」

「これはっ……私の見識を広げてくれた、ドワーフ達に……恩を返すためだ……！」

息も絶え絶えのまま、頬を赤らめて、睨(にら)みつけてくる。

みっともない姿なのはどっちだ？

お前は本当に、王族(ハイエルフ)か？

ドワーフと同じように砂埃(すなぼこり)に汚(けが)れておきながら、それをちっとも厭(いと)わない彼女を、今のガレスは馬鹿にすることなどできなかった。

「リ、リヴェリア様っ！　もうご無理をされては……！」

「ドワーフの前で、醜態(しゅうたい)など晒せるものかっ！　アイナ、お前はそこのドワーフの手当てでもしといてやれ！」

心配しっ放しのアイナの忠言に耳を貸さず、リヴェリアはまるで背でガレスを庇うように前へ出た。

槍を携えるフィンとともに、未だ燃え盛り、もがき苦しみながら、怒りの咆哮を上げる大蛇を見据える。

「自分を使えと言ったのは、リヴェリア、君だ。悪いが最後まで付き合ってもらおう！　援護を！」

「わかっている！」

戦殺(アイレン)や木竜(グリーンドラゴン)と比しても潜在能力(ポテンシャル)は劣らないだろう敵に、フィンは楽観も容赦(ようしゃ)も許さなかった。

ノームの情報によれば、地の利は相手にある。地中に穿孔(せんこう)されれば幾らでも引っくり返される盤面だ。高揚魔法(ヘル・フィネガス)は使えない。この地形条件では冷静な判断が求められる。フィンはリヴェリアに詠唱(えいしょう)を注文(オーダー)し、自らは先陣を切って、『ラムトン』をドワーフ達から引き剝がした。

たちまち激しい槍撃(そうげき)の音と、呪文の歌声が、空洞内を埋める。

「……なんなんだ、お前等は……」

こんな危険地帯にまでやって来て、同胞のために戦うフィンとリヴェリアの後ろ姿を、ガレスはまざまざと見せつけられた。

卑屈になりがちで浅知恵ばかりの小人族(パルゥム)。

いつも見下していて鼻持ちならないエルフ。

そんな種族の記号が、あの二人には当てはまらない。

訳がわからない。理解できない。

一体なんなんだ、あいつらは。

——しかし、そんな疑問に反して、ガレスの胸は熱くなっていった。

どうしようもないほど、燃(も)え滾(たぎ)っていた。

「あれがうちのフィンとリヴェリアや。ドワーフにも負けない、熱い心(ハート)の子供達や」

そんなガレスのもとに、ノームをアイナに預けたロキが、こっそり歩み寄る。

「このままじゃ自分だけ、仲間外れやな～？　悔しいな～？　でも、そんなボロボロの体じゃ戦えんしな～？」

アイナが顔を引きつらせるほど、とてもうざい声音で商人のようにすり寄ったかと思うと、大袈裟に両手を広げてみせる。

「ところがどっこい！『恩恵』を刻めば力がモリモリ戦いもバリバリや！　どや？　今なら特別サービスでうちの眷族にタダで――」

などなど、性懲りもなくリヴェリアと同じ手口で、ガレスに『恩恵』を授けようとするロキだったが、

「――いらん」

「はっ？」

目を点にした。

「要らんと言っている！」

神はそのガレスの大音声に、思いきり背を仰け反らせた。

「時間が惜しいわぁ!!　そこをどけぇ！」

「え、ちょ――ま、マジかぁ!?」

珍しく予想外の悲鳴を上げるロキを置き去りにして、ガレスは走り出す。

その口はいつの間にか、笑っていた。

ブシュッと噴き出る血にも構わず、拳を握りしめ、視界に広がる光景を見る。

燃え盛る大蛇に向かって、勇敢に槍を突き出すフィンの姿に。

震える腕で杖を構え、美しい歌声を紡ぐリヴェリアの姿に。

ガレスは、心を焼かれてしまった。

(熱い――)

体が熱い。今も胸が燃えている。我慢などできないほど、全身が打ち震える。

こんなにも身も心も強い異種族の者を初めて見た。

こんなにも、ともに肩を並べ戦いたいと思った者達と、初めて巡り合った。

心の奥底に閉じ込めていた、ガレスが求めていた望みが、もう一度蘇る。

「――熱き戦いを」

肌の下を流れる血潮に、火が灯った。

「うおおおおおおおおおおおおおおおおおおおおおおおっっ!!」

血まみれの笑みを浮かべながら、焦がれていたその戦場に飛び込む。

驚愕するリヴェリアの横を、瞠目するフィンの真隣を抜いて、燃え盛る大蛇へと、肩から体当たりをブチかました。

『ゴオオオオオッッ!?』

長軀が吹き飛び、空洞全体が揺れる。

神も精霊も、その場にいる誰もが愕然とする中、ガレスは悲鳴を上げる全身を無視しながら、雄叫びを轟かせた。

「いけ好かないエルフと、生意気な小僧（パルゥム）に負けていられるかァ！　俺も交ぜろ！」

ドワーフは笑った。

今だけは全てを忘れるように、戦士の笑みを見せた。

「……まったく、野蛮なドワーフめ」

エルフは白い目を向けた。

まったくもってでたらめな怪力に、心底呆れ果てながら。

「くっ、はははははっ！　いいだろう、戦おう！　この三人で！」

小人族（パルゥム）は笑い返した。

初めて『パーティ』を組む三人に、高揚（こうよう）で胸を高鳴らせながら。

怒号を上げるモンスターに向かって、亜人（デミ・ヒューマン）達は一糸乱れぬ動きで、立ち向かった。

「す、すげえ……」

「ガレスの兄貴と、息がぴったりだ……」

床に転がっていた鉱夫達は、集落（ロンザ）の老人（ドワーフ）達に運ばれる傍ら、その光景に目を奪われる。

ロンザ一番の強者と肩を並べる小人族（パルゥム）と、それを支援する妖精（エルフ）。剛力が唸れば勇気が叫び、歌声が絡み合う。その戦いは凄烈（せいれつ）で、壮烈（そうれつ）で、まるでお伽噺（とぎばなし）の一頁のようだった。

それはどう見ても、力を合わせる【ファミリア】の姿だった。

「……嗚呼(ああ)っ」

体はボロボロで、鼻血まで流しているヨーグルは、一人涙ぐんだ。

「やっぱりだ。兄貴は『あそこ』にいるのがいいんだ」

だって、笑っている。

さっき見た未練だらけの笑みではなく、清々(すがすが)しいほど、笑っている。

無愛想(ぶあいそう)で口数も少ない鉱夫なんて、どこにもいない。

『熱き戦い』に血潮を燃やすあのドワーフが、本物の『ガレス・ランドロック』だ。

「――いけえええええぇ！　ガレスの兄貴いいいいいぃ！」

両目をぎゅっと瞑(つむ)り、ヨーグルは気付けば声援を送っていた。

熱狂も寂(さび)しさも全てを一緒に包み込んで、大きな背中を思いきり押す。

その弟分の声に応えるように、ガレスは右手を振り被った。

「うおおおおおおおおおおおおおおおおおおおおおおおおおっ!!」

『ガッッッ!?』

ドワーフ渾身(こんしん)の剛拳。

あまりの威力に『ラムトン』の鱗に罅(ひび)が走り、その長躯をたわませる。

三対の複眼は今や血走っていた。怒りの他に焦りが滲み出し、怪物の本能が自分より小さな獲物どもに警鐘を鳴らしている。

ついには劣勢を悟(さと)ってか、モンスターは逃げ出そうと壁を穿孔する素振りを見せた。

「させるかぁ！」

それを、リヴェリアは許さない。

なけなしの精神力(マインド)を引きずり出し、最後の砲撃を見舞う。

「【ウィン・フィンブルヴェトル】‼」

猛烈な吹雪(ふぶき)が地面、そして壁面ごと『ラムトン』を凍(い)てつかせる。

本調子には程遠い威力もあってか完全凍結さえ免(まぬか)れたものの、長軀(ちょうく)の動きを僅かの間、停止させてしまう。

そして、その時にはもう、ガレスとフィンは飛び出していた。

「小人族(パルゥム)っ、穿(うが)てぇっ！」

「‼」

横(よこ)っ面(つら)を殴るドワーフの大声。

その手が握り締める『道具』を視認し、小人族(パルゥム)は瞬時に察した。

目も合わせないまま示し合わし、先行したフィンは、疾駆(しっく)。

長軀の真ん中に、勢いよく槍を突き立てる。

『〜〜〜〜〜〜〜〜〜〜〜〜〜〜〜〜〜〜〜〜〜〜ッッ⁉』

鱗を突き破り、肉を深く抉った穂先に『ラムトン』がもがき苦しむ。

その体を縛り付ける氷まで砕きながら暴れ回り、無数の氷片が散る。

鉱山の中にあって幻想的な細氷(ダイヤモンドダスト)を浴びるガレスは、跳(と)んだ。

着火と同時に、起動。

フィンと入れ替わるようにして、彼の槍が貫いた傷口に、己の剛拳を——その手が握り締めている『ドワーフの爆薬』を叩き込んだ。


「くたばれぇぇぇぇぇぇぇぇぇぇぇぇぇぇぇぇぇぇぇぇぇぇぇぇぇぇ!!」


一瞬漏れた紅の閃光(せんこう)。

そして、爆砕。


『————アァァァッ!?』


フィンが瞬時にガレスの手をとり、間一髪離脱する中、瞳を血走らせた『ラムトン』は体躯(たいく)の中央から弾け飛んだ。

轟音と衝撃。氷と霜に閉じ込められていた筈の大蛇の肉体が爆炎に包まれる。

いくら図抜けた生命力を持つモンスターであっても、体を真っ二つに爆砕(ばくさい)されてはひとたまりもなかった。凍てつきながら、燃えながら、しばらくのたうち回っていたかと思うと、やがて凶悪な岩盤の雨に圧し潰される。

度重なる衝撃に耐えかねて、天井が崩れ落ちたのだ。

仕留めたモンスターが岩の雨の奥に消えていき、熱き戦いは終わりを迎える。

もう一歩も動けず、腰を下ろすガレスは、しかし満足そうに目を瞑り、唇を曲げた。

隣でたたずむフィン、そして後ろで杖を下ろすリヴェリアとともに。

◆

鉱山の崩落を引き起こした『ラムトン』は、無事討伐（とうばつ）された。

が、問題はその後だった。

崩壊する空洞がモンスターを圧し潰すだけで終わる筈もなく、フィン達もまた生き埋めになりかけたのだ。

悲鳴を上げるロキの咄嗟の指示によって、精根尽きかけていたリヴェリアは何と再び『魔法』を行使する運びとなり、攻撃魔法第一位（ウィン・フィンブルヴェトル）を発動。なんとか周囲を氷結させた『雪洞（かまくら）』でその場にいた全ての者を包み、崩落から守って、救助隊が来るまで維持する羽目となった。後（のち）に未来の都市最強魔導士は「本当に力尽きるところだった」「私達の冒険はあそこで終わるところだった」と遠い目で語ったと言う。

長杖を構えながら、王族には似つかわしくないほど両目を血走らせ、アイナの手で無理矢理精神力回復薬(マジック・ポーション)を飲まされ続けていたリヴェリアは、外の光を浴びた途端(とたん)、当然のごとく昏倒(こんとう)した。精神疲弊(マインドダウン)、ではなく精神枯渇(マインドゼロ)である。

文字通り限界を超えて酷使されたハイエルフは三日三晩寝込み、その間にアイナは取り乱し続け、さすがのガレスや鉱夫達も非常にばつが悪い顔をした。

「エルフ達にこんなことがバレたら、地の果てまで追いかけられるだろうね」

君達も僕達も、というのは空笑いしていたフィンの談だ。

ともあれ、衰弱(すいじゃく)していた坑夫達も救出され、みな一命を取りとめた。集落(ロンザ)の住人はフィン達を同胞の命の恩人だと褒(ほ)め称(たた)え、三日三晩にも及ぶ宴(うたげ)を開いたほどだった（リヴェリアが目覚めた後、更に宴は延長された）。

貧しいにもかかわらず、とっておきの酒樽(さかだる)をいくつも解放する豪快なドワーフ流の宴に、ロキは髭を生やした小柄な老人を引きつれ酒(さけ)をあおり、リヴェリアとアイナは戸惑いながらも楽しんで、フィンは笑った。

ガレスは一頻(ひとしき)り悩んだ後、フィンにもリヴェリアにも感謝を告げた。

「お前達のおかげで………俺も、ヨーグル達も救われた」

「エルフも小人族(パルゥム)も、少しは、見直した」

「……礼を言う」

彼の不器用な態度に、リヴェリアはそっぽを向いて素直に受け取らず、フィンは片手を上げるだけで済ませた。

その後、ガレスは終始黙り込み、何事かを考えながら、一人離れた場所で酒を口にするのみだった。

そして、散々飲んで騒いで、宴が終わった次の日の朝――。

「お姉ちゃん達、行っちゃうの?」「のー?」

「すまない、叶えたい夢があるんだ」

地上に繋がる洞窟前。

集落(ロンザ)の住人は総出で、フィン達の見送りに来ていた。

名残惜しそうにするドワーフの姉妹の髪を撫(な)でながら、リヴェリアは優しい笑みを作る。

「……ガレス、君は……」

見送られるフィン達と、見送るドワーフ達。

前者の中に、ガレスはいなかった。

全ての者の視線が自分のもとに集まる中、ガレスは引き結んでいた唇を開いた。

「俺は……行かん。やはり……行けん」

フィン達と視線も合わせられないまま、そう告げた。

出会った時より、ずっと歯切れの悪い言葉で。

「俺は、この故郷のためにも……」

そんな兄貴分の姿に。

弟分が最初から決めていたように、身を乗り出した。

「ガレスの兄貴、こいつ等と一緒に行ってくれ！　旅立ってくれよ！」

ガレスは、目を見張る。

驚きも束の間、他の子分達とあらかじめ用意していたのか、旅の荷物が詰まった背嚢と一緒に次の言葉を押しつけられた。

「オレ、蒸し風呂で言ってた兄貴の言葉、聞いちまったんだ！　兄貴がそんなことを思ってたなんて、オレ、頭わりぃから気付かなかった！」

「ヨーグル……お前」

「兄貴がいなくなったって、これからはオレ達が何とかしてみせる。だから兄貴、夢を叶えてくれよ！」

言葉をなくすガレスは、馬鹿を言うな、そんなことできるものか、とまだまだドワーフとしても鉱夫としても下っ端の子分達を叱ろうとした。

しかし、ガレスの言葉など見透かしているように、ヨーグルは言い返した。

「見てなかったのかよ！　オレ達があの蛇の化け物に立ち向かっていったのを！」

「!!」

「ガレスの兄貴がいなくたって、やっていける！　いや、やっていけるように強くなってやる！　だから、もう我慢しなくていいんだ、兄貴！」

熱がこもっていく自らの言葉に鼻をすすり、両目を涙ぐませながら、ドワーフの若者は叫んだ。

「そこのエルフや小人族(パルゥム)よりでっけぇドワーフになって、オレ達の誇りになってくれよ！」

そのヨーグルの激励を皮切りに、集落(ロンザ)の住人もまた叫び始めた。

「そうだ！　行っちまえ！」

「まだまだ若造が一丁前に責任なんて感じてんじゃねえ！」

「応援してるよ！」

「ガレスのあんちゃん、がんばってー！」『てー！』

自分より年長のドワーフ達、ナルルやノルルなど年下の子供、老若男女問わずガレスの背中を押そうとする。

その光景に、ガレスは蓄えた髭の奥で口をぐしゃぐしゃに歪めた。ヨーグルのように涙ぐむことこそなかったが、胸に迫るものに耐えなければならなかった。

「……馬鹿野郎ども、現実を見ろっ。この里の問題は威勢だけで何とかなるもんじゃねえ。俺がいなくなって、どうやってやりくりしていくつもりだ……！」

「あ～、そのことなんやけど」

と、そこでロキが口を挟んだ。

今までニヤニヤと見守っていた神は、「悪趣味だよ」とフィンに肘で小突かれ、『種明かし』をする。

「この地精霊（ノーム）がいるから、里の問題はもうほとんど解決したようなもんやで？」

「……なにっ⁉」

動きを止めたガレスの絶叫が、辺りに轟き渡る。

「鉱山で道案内させた後も、無理矢理この里に連れて来てなぁ。最初は嫌がっとったけど……飯はおいしくて、里のみんなも優しいから、ここに住み着いてもええって」

「フゴッ、フゴッ‼」

いつの間にか見送るドワーフ達の側に、二本の指を立てる地精霊（ノーム）を見つけ、ガレスは唖然とした。

『ノーム』は大地の精霊。

稀少金属（レアメタル）を始め鉱石や宝石を好み、鉱脈を探り当てることができる。

その加護を得ることができれば、巨万の富が手に入るとさえ言われているほどだ。

無論『精霊』というだけあって、掴みどころがなければ気難しく、普通ならば加護を得るのも一苦労なのだが――。

「道化(ロキ)にあの手この手で説得してもらってね。そういうのは得意そうだったし、上位存在なら『精霊』も耳を貸すだろう」

「小人族(パルゥム)……」

「この周辺は鉱山が多い。『ノーム』は必ず住み着いているだろうと踏んでいた。最初はロキ伝いに『ノーム』に協力してもらって、黒闇石(ダルブ)の鉱脈でも探し当てようと思ったんだけど……」

勧誘(スカウト)のためガレスの環境を何とかしようとしていたフィンは、自分が考えていた計画を語った。もともと『ノーム』を探し出そうとしていた彼は、結果論として手間も時間もかからず叶ってしまったと、肩を竦める。

「里が食っていける資金源は、この『ノーム』が何とかしてくれるやろ。けど、一番の稼ぎ頭が抜けるんや。用心棒っていう意味でも、まずは神を見つけるとええ。【ファミリア】を雇(やと)うか、結成するべきやな」

「ああ、わかった！」

「こんな辺鄙な場所に拠点を構えるもんは今までおらんかったんやろうけど、ちょっと変わった集落経営(ストラテジー・ゲーム)に興味を持つ神は絶対におる筈や。来てくれっこないって決めつける前に、『自分達は面白いぞ～』って熱意を見せるんやで」

ロキの助言に、ヨーグルが代表して頷く。

立ちつくしていたガレスは、視線を巡らせた。

他のドワーフ達は既にロキ達の話を聞いていたのだろう。みな笑顔でこちらを見返してくる。

宴の間、一人酒に耽って葛藤していたガレスだけが何も知らなかったのだ。

これまで『ロンザ』のために身を粉にしてきたガレスの頑張りを知り、彼を慕う同胞達は、故郷に縛られる鎖を解いてくれた。

後は、ガレスが決断するだけだ。

「あらためて言うよ。『ロンザ』のガレス、僕達の【ファミリア】に入らないか？」

前に歩み出てくるフィンが、こちらを見上げてくる。

背後にいるロキ達と一緒に、ガレスの返事を待っていた。

腹が立つほどのお膳立てだ。

悔しいくらい、退路など断たれてしまっている。

だからガレスは、心の底から湧いてくる今の思いに、正直になった。

「くっ――ふははははははははははははははははははははははははっ!!」

ガレスは笑った。

誰もが仰天するくらい、久しぶりに声を上げて、大笑した。

それは、とてもドワーフらしい、豪快な笑い声だった。

「負けだ負けだ、俺の負けだ！」

「ガレス……それじゃあ」

「おお！　お前達の【ファミリア】に入ってやる！　どこまでも付いていってやるわ！」

たちまち、集落の住人達が歓声を上げる。

同胞の門出を祝福する声々が満ちる中、目を細めるフィンが手を差し出すと――ガレスはそれを取ろうとしなかった。

「だが、一つ条件がある」

両腕を組み、ふんぞり返るガレスがそんなことを言い出す。

不平不満を口にせず、それまで黙っていたリヴェリアが、眉を急角度につり上げた。

「貴様っ！　この後に及んで、まだ何を要求するつもりだっ――」

そんなエルフの非難など聞く耳もたぬように。

ガレスはフィンを見つめながら、言った。

「俺と勝負しろ」

身を乗り出しかけたリヴェリアが、フィン達ともども、目を見開く。

「こうまでヨーグル達に手回しさせたんだ。俺はこれから、自分の欲望には忠実になろう。が、お前達の野望なんぞに利用されてやる筋合いはない！」

「ガレス……」

「もし言うことを聞かせたいというのなら、俺に勝ってみせろ！」

やられっ放しは性に合わない。

土色の瞳が意地悪そうに曲がり、意趣返しの光を湛えていた。

動きを止めていたフィンは、思わず口端を上げる。

生来のふてぶてしさを取り戻したドワーフは、早くも血の滾る戦いを欲しているのだ。

「言っておくが、手加減はしないよ？」

「当たり前だ！　そんなことをすれば地平の彼方に殴り飛ばしてやる！」

「いけぇ、兄貴ッー!!」

「あんちゃん、頑張れー！」『れー！』

「フゴフゴッ!!」

あっという間に見送りの場が、人垣による円形の喧嘩場に変わる。

血気盛んなドワーフ達が拳を突き上げ、悪乗りするロキも囃し立てた。

呆れ返るリヴェリアと苦笑するアイナの視線の先で、ガレスとフィンは笑みを交わし合う。

『恩恵』の有無など関係ない。

今、この胸の高鳴りに従い、この門出を雄々しく飾るまでだ。

フィンは槍を、ガレスはヨーグル達から受け取った鎚を。

両者互いに、武器を構え――ぶつかり合う。

「さぁ、熱き戦いを！」

長い雌伏の時間は終わった。

ドワーフはたった今から、熱き戦いが待つ世界へと雄飛する。

エピローグ

今も変わらぬ三つの誓い

Гэта казка іншага св

Тры нязменныя клятвы

三人の昔話は、夜が更けてなお続けられた。

懐かしそうに相槌を打てば、そんなことがあったのかと目を見張り、若かった自分達の過ちに忍び笑いを漏らす。

そんなことは覚えていないな、とついしらばっくれても、この三人と一柱の間では無駄だった。

それほどの物語を、神と眷族はともに歩んできたのだ。

「こうやって振り返ってみると……一番手を焼かされたのはガレスだね。【ファミリア】に入ってもらうのに、随分と苦労した」

「今では考えつかないほど、相当ひねくれていたからな。このドワーフは」

「よく言うわ、お転婆王女め。アイナまで巻き込んで、しっかりロキにカモられているではないか」

「う、うるさいっ。あれはしょうがなかったんだっ」

フィンが笑えば、リヴェリアが嘆息し、ガレスが言い返すと、結局リヴェリアが頬をうっすらと赤らめて反論する。

追憶に浸ったせいか、心も口調も、当時の自分達に戻ったようだった。

不変の存在であるロキもまた、かつて三人と出会ったばかりの光景を再現するように、ニヤニヤと茶々を入れてくる。

「うちはあん頃のフィンが恋しいけどなぁ～。今よりもっとクソ生意気で、ウザ可愛かったなぁ～。リヴェリアやガレスと、何かにつけてはよく張り合っておったし～」

「勘弁してくれよ、ロキ……」

フィンは苦笑して、素直に降参を認めた。

年を取れば過去の自分を客観的に見れる。

当時の自分は『やんちゃ』だったと受け入れられるほどには、フィンも大人になったつもりだ。

「僕達は神じゃないんだ。青かった頃から、少しは変わっているさ」

「どうだかのぅ。こやつの根っこは何も変わっとらんじゃろう」

「それには同感だ」

それと同時に、変わっていないものも沢山ある。

「おや、言ってくれるじゃないか、ガレス、リヴェリア」

「事実じゃろうが。全て知ったような顔をしておいて、負けず嫌い。大言壮語の癖も変わっとらん」

「おいおい、負けず嫌いなのは君も同じだろう、ガレス？　『ロンザ』を旅立つ時、僕に負けてあんなに悔しがってたじゃないか」

「何を言っておる！　儂に負けたのはお主じゃろうが！」

「やれやれ。結局、お前達は似た者同士ということだろう——」

「ああ、そうだ。途中から割って入ったリヴェリアが負けたんだった」

「——馬鹿を言え！　誰が負けるものか‼」

外から嘆息していたリヴェリアだったが、思いもよらぬ飛び火に、いつかのハイエルフの王女のごとく声を荒らげた。

ロキがゲラゲラと腹を抱える中、一転してお互いを睨み合い、険悪な雰囲気になる。

そして、すぐに、誰からともなく笑い出した。

「……昔話のついでというわけではないけど、せっかくだ、やっておこうか」

うっすらと滴が溜まった目もとを指で拭ったフィンは、立ち上がる。

「Lv．7到達の祝いも兼ねて」と付け足す彼の真意を、リヴェリアとガレスはみなまで聞かずともわかった。

苦笑を浮かべながら、それでも拒むことなどせず、フィンの行動に倣う。

「つい最近、やったばかりのような気もするが」

「59階層への進攻の前だね。ガレスが言い出したんだ」

「別によかろう？　景気づけにはちょうど良かっただろうに」

三人の間に、騒動は数えきれないほどあった。

仲違いも何度もしかけた。

陳腐（ちんぷ）な言い方だが、いかなる苦楽だってともにした。

そして、かけがえのない絆（きずな）ができた。

この三人の絆は、たとえこれから何が起こっても、絶えることはないだろう。

優しい笑みを浮かべるロキに見守られる中、三人で輪を作る。

中央に突き出した手を重ね合い、フィン、リヴェリア、ガレスは、ともに口を開いて——あの時と同じ言葉を口にした。

その日、空は晴れていた。

遥か地平線の先まで広がるのは緑の海と花畑だ。

そして、そんな景色を一望できる小高い丘で、三人の言い合う声が頻（しき）りに響いていた。

「だから、西だと言っているだろう！　アマゾネスどもが闘争を繰り広げているという闘国（テルスキュラ）、ぜひ拝んでみたい！」

「何が西だ！　ドワーフ風情が閉じられた女戦士の聖地へ赴いてどうする！　それならば南に広がる海洋国（ディザーラ）を目指すべきだ！　風光明媚（ふうこうめいび）な島国こそ訪れなくてどうする！」

「僕は北の歌劇の国（メイルストラ）に行ってみたいんだけどなぁ。今ちょうど、フィアナ騎士団の舞台が開かれてるらしいんだ」

「『小人族ごときの演劇に興味などあるか！』」

「はっ？『小人族ごとき』？」

西だ、南だ、いや北だ。

次の行き先を決めるため、結成されたばかりの【ロキ・ファミリア】は盛大に口喧嘩していた。

最初はガレスとリヴェリアが口論していたかと思えば、穏便にことを運ぼうとしていたフィンまで一族を侮辱されたことで、眦をつり上げた表情でいがみ合い始める。

行き先を決める筈の口論は、間もなく罵り合いになっていた。

エルフが上から見下せばドワーフがくだらないと一笑に付し、小人族が皮肉を口にする。

一向に争いが収まらない三人の様子に、傍から見守っていたアイナは、あわわわわ、と慌てふためいた。

「と、止めなくてよろしいんですか、ロキ様っ⁉」

「こういうのも【ファミリア】っぽいし、うちは見てて飽きへんけど〜……流石にこの調子やと、日が暮れるまで続きそうやなぁ」

陽気なロキは我の強い眷族達に笑みを漏らすばかりだったが、さすがに見かねて仲裁することにした。

「フィン、手ぇ出して？」

「……何をするつもりだい、ロキ？」

「ヌフフ、秘密。リヴェリアとガレスもや！」

「……嫌な予感しかしないぞ」

「俺もだ」

「ごちゃごちゃ言ってないで従うんやー！」

そう言って、ロキは主神の強権を発動する。

警戒する眷族達を集め、手を取ったかと思うと、それを無理やり重ねた。

「「「なっ」」」

「ほい、引っ込めないでこのままや。これから儀式をするで！」

ロキの両手で挟撃（サンドイッチ）された三人の手が、すぐに振り払おうとしたが、それも制止させられる。

主（おも）にリヴェリアとガレスから非難がましい視線を浴びるロキは、どこ吹く風で告げた。

「今からするのは、『誓（ちか）いの儀式』や」

「誓いだと……？」

「何を誓うというんだ？」

「それは自分達に任せるわ」

ガレスとリヴェリアの問いに、ロキは無責任にもそんなことを言った。

「この『儀式』をする度に、思い出してほしいんや。なんで自分達がここにいるのか、何で【ファミリア】に加わったのか。一体、何をするために出会ったのか」

「「「……」」」

「喧嘩した時、分かれ道に立った時、初心を思い出したい時……何かある度に、手を重ねて、原点に立ち返るんや」

仲が悪い自分達でも、お互いの『誓い』を尊重することはできるだろう、と。

ロキはそう言って、にかっと笑った。

三人が何とも言えない顔を浮かべる中、主神はとっとと退く。

その場に残るのは、ちょうど輪の形を取り、手を重ねたフィン達だ。

「……野望や、願いを宣言しよう」

ややあって、フィンは諦めたように告げた。

「今の僕達じゃあ、仲良く手を繋ぐなんてできっこない。だから、他の二人に『誓い』という名の『言質（げんち）』を預けるんだ」

自分勝手な主神の神意に観念するように、苦笑して、二人の顔を見回す。

「自分の目標が達成できなかったり、落ちぶれた時は、他の二人は目いっぱい馬鹿にして笑うことができる。そうすれば自（おの）ずと立場は、はっきりするだろう。……どうだい？」

「はッ、いいだろう。乗ってやる」

「私も構わん。貴様等が零落する様を見届けてやろう」

鼻を鳴らすガレスと、勝ちを確信しているリヴェリアが同意する。

三人はあらためて、手を重ねた。

「アイナちゃーん？　自分もやるか？」

「私は……いいえ。遠慮しておきます」

それを外から見守るロキが、面白そうに声をかけるが、王女の従者は笑みとともに、首を横に振った。

「リヴェリア様の……いえ、あのお三方の『始まり』は、邪魔してはいけない気がするので」

そう言って、アイナは頬を染め、破顔した。

その通りだと、ロキも相好を崩す。

「三人の物語がどこまで続くか……絶対に見届けたる」

神の視線の先、眷族は互いを見つめ合った。

誇り高く融通の利かないハイエルフ。

それを毛嫌いして罵るドワーフ。

そんな反発し合う二人に、これからも溜息がつきないだろう小人族(パルゥム)。

風が吹き、髪が揺れ、色とりどりの花弁が空を舞う中、三人は不思議と笑みを浮かべ、同時に口を開いた。

「熱き戦いを」

「まだ見ぬ世界を」

「一族の再興を」

決して色褪せることのない、望みと憧れ、そして野望。

過去と未来を繋げる『誓い』を、三人は交わし合うのだった。

Finn Deimne
フィン・ディムナ
所属
ロキ・ファミリア
種族
パルゥム
小人族
職業
ランサー
槍使い
武器
長槍　ナイフ
所持金
51400ヴァリス

Гэта казка іншага сям'і.

Status　Lv.1

力	I49	耐久	I17
器用	H179	敏捷	H127
魔力	I15		

魔法　ヘル・フィネガス

・高揚魔法。
・全能力の超高強化。
・好戦欲激昇に伴う判断力低下。

スキル　小人真諦（パルゥム・スピリット）

・逆境時における魔法及びスキル効力の高増幅（ブースト）。

スキル　勇猛勇心（ノーブル・ブレイブ）

・精神汚染に対する高抵抗（レジスト）。

スキル　旅立ちの一槍（いっそう）

・とある修行僧からの餞別。

・修行僧から認められた者のみ与えられるが、とにかく扱いにくい。戦士として巣立った後も最適な力加減と優れた技術を要求する、まさしく『鍛練の武具』。

・まともな武器ではないため、価格は推定70ヴァリス。

・事実、フィンも数々の冒険の中で柄（え）を壊し、その度に修復を施している。

・槍頭と石突には『馬鉄灰（はてっかい）』、柄には『重軟（じゅうなん）のウォールナット』。柄（え）は壊れた後も同じ素材で作り直せと厳命されており、当時のフィンには悩みの種だった。

・修行僧について、師事したフィン曰く「殺しても死ななそうな不思議な女性だった」。

Riveria Ljos Alf
リヴェリア・リヨス・アールヴ
所属
ロキ・ファミリア
種族
ハイエルフ
職業
王女
武器
杖　弓矢
所持金
0ヴァリス
(ドレスを除く所持品を売却した場合は推定
370500000ヴァリス)

Гэта казка іншага сям'і.

Status Lv.1

能力	値	能力	値
力	I7	耐久	I13
器用	I57	敏捷	I38
魔力	H119		

魔法　ヴァース・ヴィンドヘイム

- 攻撃魔法。
- 詠唱連結。
- 第一階位【ウィン・フィンブルヴェトル】。
- 第二階位【レア・ラーヴァテイン】。
- 第三階位【ヴァース・ヴィンドヘイム】。

スキル　妖精王唱（フェアリー・アンセム）

- 魔法効果増幅。
- 射程拡大。
- 詠唱量が増えるほど強化補正増大。

装備　聖王樹の杖

- アルヴの王森（おうしん）で作られた王族（ハイエルフ）専用の杖。
- 魔宝石の代わりに王森（おうしん）で採掘された妖聖結晶（カナン）が据えられている。
- 実質リヴェリア専用装備であり、王族（ハイエルフ）の魔法、特に先天系魔法の効果を大きく増幅する。
- 迷宮都市の第一等級武装と性能は比ぶべくもないが、アンティーク的な価値により、好事家の間で億単位の金額で取引されると考えられる。ただし王族（ハイエルフ）を敬うエルフ達に常に杖も命も狙われるリスクも伴う。

装備　王家の王衣（ドレス）

- 聖王樹の繊維が編み込まれた妖精の宝そのもの。
- これを売るだけで一生を豪遊できるほどの富が生まれる。王女（リヴェリア）の使用済みとなれば変態神々も競売に参戦し国家予算レベルの価値がつくことが想像される。ただし王族（ハイエルフ）を敬うエルフ達に常に命を以下略。

Gareth Landrock
ガレス・ランドロック
所属
ロキ・ファミリア
種族
ドワーフ
職業
元鉱夫
武器
斧 鎚
所持金
400ヴァリス

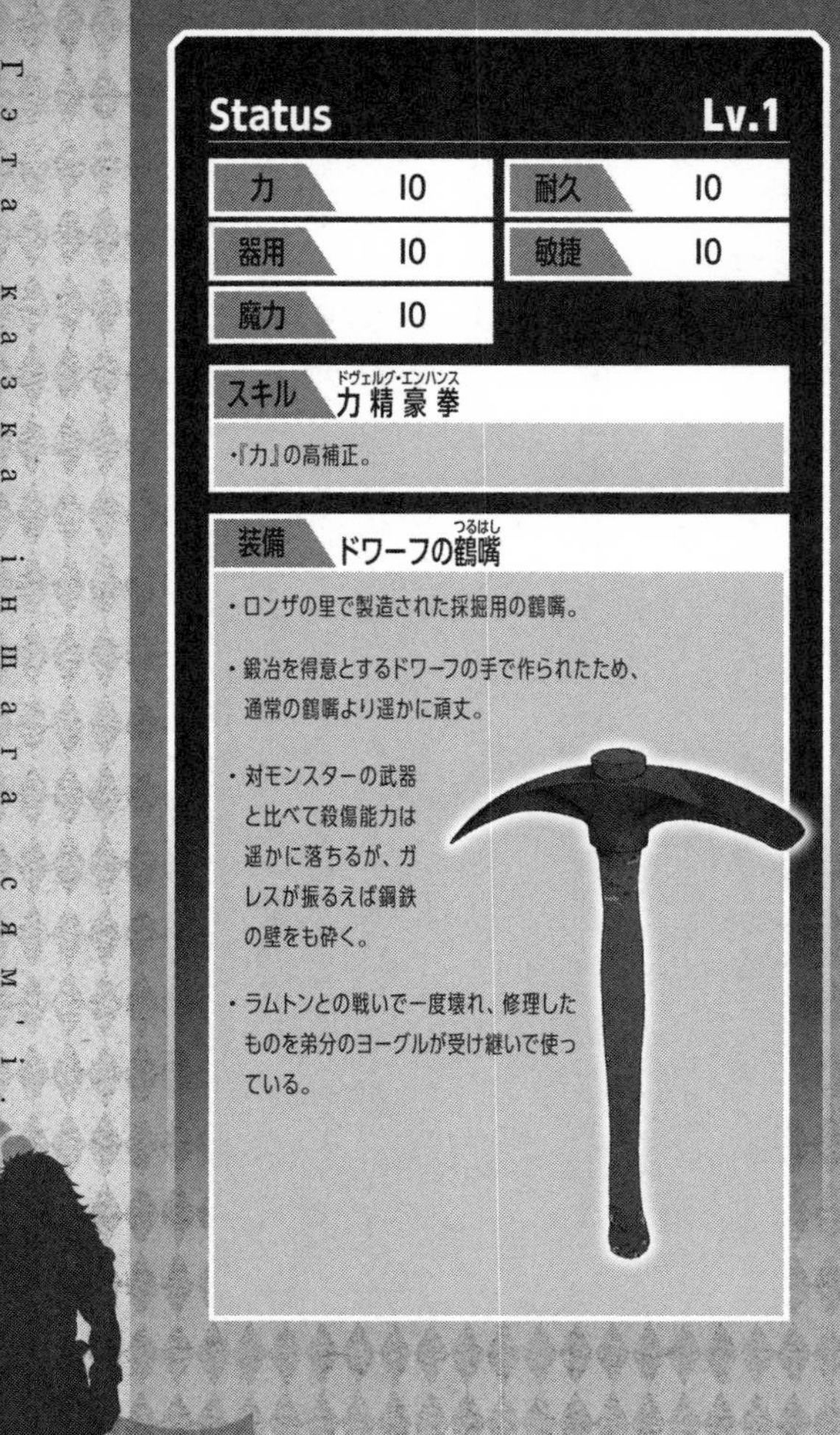

Гэта казка іншага сям'і.

あとがき

本巻は二〇一七年アニメ『ソード・オラトリア』Blu-ray特典短編小説に加筆修正、及び書き下ろしを加えたものになります。本来ならば本筋である『妖精覚醒編』を進めるべきでしたが、本編の進行との兼ね合いもあって、このタイミングで上梓させて頂くことにしました。

はいむらきよたか先生に「ヤングフィン書いてもらいたい！　七十歳小娘リヴェリア様！　ヤング老け顔ガレス！　エイナママ!!　やだやだ見たいーーー!!」なんて思ってないんです。他意はないんです。本当なんです。信じてください。

前巻の十三巻に引き続き、『自分を思い出すお話』だったと個人的には思います。

これから始まる大きな戦いのためのレベルアップ、あるいは骨休みも勿論ありますが、昔話をするというのは、結構大切なことなんじゃないかと最近思うことがあります。本編十五巻のあとがきでは確か『現在と過去の対比のお話』と書いた覚えがありますが、今回はより、前にまた歩き出すためのシークエンスとしての意味合いが強い気がしています。

スタートラインに立った日の自分のことを思い出すと、それはもう恥ずかしかったり無知だった自分に愕然としたり、何であんなことを言ったんだ、やってしまったんだ、と転げまわることが多々あります。状況によっては、思い出すことさえ苦痛に感じる時もあります。

でも自分を思い出すことで道が開けることは、確かにあると思います。

迷っていたり立ち止まっている時、昔の自分が背中を押してくれたり、うるせぇ走れ！　と声をかけたりしてくれます。

私の場合は小説一巻を読み直すこと。その後すぐ床をのたうち回ること。

あるいは子供の頃、好きだった作品に触れてみること。

そしてどんなことを想像していたのか、思い出すことです。

皆さんはどうでしょうか？

何だか色々疲れてしまった時や、大きなことを終えてすっかり気が抜けてしまった時、昔の自分と会話してみると、もしかしたらいいかもしれません。今回の団長達のように、いつか誰かと一緒に笑い話にできる日が来たらいいなと、ちょっぴり思っています。

それでは謝辞に移らせて頂きます。

担当の高橋様、宇佐美様、前巻からの連続刊行ありがとうございました。次の十五巻もご迷惑をおかけするかと思いますが、どうかよろしくお願いいたします。作品を彩ってくださったはいむらきよたか先生、今回も素敵なキャラクターを描いてくださって誠にありがとうございました。ヤングフィン達やリヴェリアパパまで描いてくださって、また宝物が増えました。関係者の方々にも深くお礼申し上げます。最後に読者の皆様、本書を手に取って頂いてありがとうございました。

次はいよいよダンジョンアタックの再開です。

外伝四巻から攻略が止まっていた階層の先で何が待っているのか、楽しみにして頂けると幸いです。作者は今からドキドキハラハラしています。

ここまで目を通して頂いて、ありがとうございました。

失礼します。

大森藤ノ

ファンレター、作品の
ご感想をお待ちしています

〈あて先〉

〒106－0032
東京都港区六本木2－4－5
SBクリエイティブ（株）
GA文庫編集部 気付

「大森藤ノ先生」係
「はいむらきよたか先生」係

本書に関するご意見・ご感想は
右のQRコードよりお寄せください。

※アクセスの際や登録時に発生する通信費等はご負担ください。

https://ga.sbcr.jp/

ダンジョンに出会いを求めるのは間違っているだろうか外伝
ソード・オラトリア 14

発　行　　2023年3月31日　初版第一刷発行

著　者　　大森藤ノ
発行人　　小川　淳

発行所　　SBクリエイティブ株式会社
〒106-0032
東京都港区六本木2-4-5
電話　03-5549-1201
03-5549-1167（編集）

装　丁　　FILTH
印刷・製本　中央精版印刷株式会社

ISBN978-4-8156-1434-8

Printed in Japan　　GA文庫